외출인
빡하

외출인 박하

한요나 지음

씨드북

✧ 차례 ✧

외출인 박하

벌써 열 번째 외출이다. 오늘 외출에서는 난방기를 만들 수 있는 라디에이터나 열풍기, 전기밥솥, 모터 같은 것들을 구해 와야 했다. 열선이 깔린 전자 제품이면 무엇이든 좋았고, 전선은 보이는 대로 주워 가기로 했다.

괴물 곤충 키케이모스에 맞서는 방법은 아직 찾지 못했다. 그렇다고 해서 외출을 멈출 수는 없다. 나는 집에 가만히 누워 미라가 되거나 풍화되기를 기다리지 않을 것이다. 차라리 모래바람에 맞서다 모래를 뒤집어쓰고 쓰러지는 게 낫다.

'그날' 이후로 아파트 주민들은 암묵적으로 나이대에 따라 일을 나눠서 하고 있다. 어른들이 요청한 물건을 찾아 오거나 식량을 구해 오는 '외출인'은 나를 포함해 총 다섯 명이다. 중학교 졸업식만 기다리고 있었던 나 이박하, 나와 같은 학년인 감이와 다나, 우리보다 더 어린 10층 자매 란주와 태주가 우리 아파트의 외출인 멤버다. 란주와 태주는 자기들이 나서서 외출인이 되겠다고 했지만, 감이와 다나는 순전히 나와 동갑이어서 외출인으로 뽑히게 되었다.

나랑 같은 층에 사는 버찌 언니도 외출인이 되고 싶다고 했지만, 언니는 고등학생이라는 이유로 외출인이 되지 못했다. 대신 버찌 언니는 우리가 외출하는 동안 더 어린 동생들을 챙기며 대학생 오빠들과 함께 인터넷을 둘러보는 일을 맡게 되었다.

오늘 란주와 태주는 식량이 남아 있는 가게가 있는지 찾아 본다고 했다. 둘은 아파트 뒷마당에 굴러다니던 초록색 플라스틱 우유 상자에 끈을 묶어 다녀서 '우유통 자매'로 불리고 있다. 다나는 여느 때처럼 말도 없이 혼자 어디론가 가 버렸다. 다나는 옛날부터 쌀쌀맞고 제멋대로여서 또래 친구들과 잘 어울리는 편이 아니었다. 그래도 외출인으로 활동하는 동안은 쓸모 있는 물건들을 척척 구해 와서 믿음직스러웠다.

나는 감이와 함께 우리가 다녔던 중학교 쪽으로 향했다. 돌아가는 길이라 평소엔 이용하지 않았지만, 고등학생이 된 버찌 언니를 마중하러 가는 길에 지나던 위쪽 골목으로 먼저 가 보기로 했다. 거기서 전파상이나 오래된 문구점을 본 기억이 어렴풋이 떠올랐기 때문이다.

아파트에서 학교로 가는 방법은 다섯 가지 정도가 있다. 오늘은 밤이 오기 전에 그 경로를 전부 돌아볼 셈이었다. 그사이 버찌 언니는 아이들을 돌보고, 틈틈이 아파트 각 층의 비상 전력함을 확인하기로 했다. 우리가 아파트에 돌아왔을 때는 제발 인터넷이 고쳐져 있길 바라면서 감이와 나는 모래를 휘젓고 앞으로 나아갔다.

"전봇대를 세면서 가자."

"지난번에 이쪽 골목 지도는 안 만들었나?"

"전봇대 개수를 확인 못 했더라고."

"오케이. 쓰러지거나 전선이 끊어졌는지도 확인해야 할 듯."

학교로 향하는 두 번째 경로에서 우리는 어릴 적 다녔던 유치원을 만났다. 정확히는 '삼, 오, 유, 치, 원' 다섯 글자가 크게 쓰여 있는 아치형 간판이었다. 분명 얼마 전까지도 초록색 · 빨간색 · 노란색 페인트칠이 반짝거렸던 것 같은데, 한두 달 사이에 이렇게 낡을 수 있나! 누런 모래를 뒤집어쓰고 나이를 먹은 듯 흐릿해진 간판은 곧 모래에 얼굴을 처박을 것처럼 앞으로 기울어져 있었다. 그 모습을 보고 있자니 나는 그만 할아버지가 떠올라 서글퍼졌다. 옆에서 감이가 뭐라고 중얼거리지 않았다면 나는 꼼짝없이 그 앞에 선 채로 눈물을 뚝뚝 흘릴 뻔했다.

"요즘 유치원생들은 유치원도 못 가고 심심하겠다."

감이가 모래를 한 줌 주워서 손가락 사이로 쏟아 내고는, 손바닥을 탁탁 털며 말했다.

"우린 안 그러냐, 뭐."

"그러게."

"아, 발에 또 뭐 걸렸다."

발에 걸리는 게 있을 때마다 모래 더미 속으로 손을 넣었지만, 끊어진 전깃줄과 모래로 묵직해진 비닐봉지, 죽은 식물 뿌리, 병뚜껑 같은 것이 나올 뿐이었다.

"다나가 아무 데나 손 집어넣지 말자고 했잖아! 위험하다고."

"여긴 괜찮아."

"하여튼 다나나 너나 둘 다 제멋대로인 건 똑같아."

내가 그 고집불통이랑 똑같다고? 아니다. 절대! 다나는 정말로 위험한 짓을 한다. 키케이모스가 전자파에 반응한다는 버찌 언니의 말을 분명히 들었으면서도, 핸드폰을 몰래 가지고 다닌다.

"유치원에 못 가는 유치원생이라……."

감이가 작은 목소리로 중얼거리듯이 말했다.

"내가 다시 유치원생이 된다면 놀기도 열심히 놀고, 공부도 더 잘할 거야!"

"진짜?"

나는 모래 속에서 꺼내 올린 비닐 뭉치를 헤집으며 쓸모 있는 게 나오기를 바랐다. 하지만 그 속엔 또 다른 비닐 껍질이, 작은 젤리 봉지 같은 것이 더 있을 뿐이었다.

"무엇보다도 이 모래바람이 세상을 완전히 다 덮어 버리기 전에 뭔가 해 볼 수 있을 것 같아."

아까 급하게 우리들 틈에서 벗어났던 다나의 뒷모습이 떠올랐다. 오늘도 핸드폰이나 GPS 수신기를 가지고 쓸데없는 탐색을 하고 있는 건 아닐까 걱정이 되었다. 하지만 어차피 다나는 내가 하는 말은 귓등으로만 듣고 코웃음을 치는 아이다.

"이박하. 네가 나이가 더 많은 것도 아니고, 뭐가 그렇게 잘나서 맨날 네 마음대로야?"

다나는 정확히 그렇게 말한 적이 있다. 그다음에 한 말은 더 기가 막혔다.

"자기가 무슨 대장인 줄 알아."

나는 한 번도 외출인 친구들에게 그런 마음을 가지고 행동한 적이 없다. 정말 단 한 번도! 그날 내가 씩씩거리는 걸 보고 감이가 "워워" 하고 말리지 않았다면 다나와 치고받고 싸울 수도 있었다.

나뿐만 아니라 다른 아이들에게도 날을 세우고 있나 싶어 다나가 감이에게 하는 행동도 지켜봤다. 하지만 둘은 대화를 거의 하지 않았다. 하긴……. 감이는 늘 '그러려니', '그럴 수 있지' 하는 성격이어서 애초에 다나와 부딪칠 일도 없다. 아, 그럼 내가 문제인가?

고개를 가로저었다. 다나와 부딪치고 싶지도 않지만, 감이처럼 무던한 성격이 못 되는 나를 싫어하고 싶지도 않았다.

모래바람이 동네를 집어삼킨 후로 사람들은 외출을 두려워했다. 모래바람은 갑자기 불어와 하룻밤 사이에 도심의 모든 것을 덮어 버렸다. 뉴스에서도 비슷한 화면만 나왔다. 모래 더미 속에 멍하게 서 있는 사람들의 모습이었는데, 텔레비전을 바라보고 있으면 내가 가지고 있는 에너지마저 그 화면 속으로 빨려 들어가는 것 같았다. 매일 확인되는 지역별 실종자 수가 화면 우측 상단에 고정되어 있었다. 누군가가 서 있거나 앉아 있던 일상의 자리는 한순간에 전부 묘지로 변했다. 하룻밤 사이에 도시는 커다란 장례식장이 되었다.

도시 제반 시설은 예측할 수 없는 속도로 하나씩 무너졌다. 제일 먼저 교통이 끊겼다. 도로는 사라지고 엄청난 양의 모래가 바다를 이루었다. 방송 통신을 위한 기지국들이 꺼지고, 인터넷도 50퍼센트의 확률로 연결되고 끊기기를 반복했다. 사람이 돌아오지 못해 빈집이 된 건물들이 생겼고, 도둑질이 빈번해지면서 문을 닫는 가게도 늘었다. 심지어는 멀쩡한 전깃줄을 끊어 버리고 종말을 기다리는 이상한 단체까지 생겨나서 도시는 순식간에 아수라장이 되었다.

한동안은 이런 기이한 현상을 기록하기 위해 다들 핸드폰을 꺼내 들었다. 하지만 방송국이 문을 닫고 인터넷이 막히자 사람들은 금세 흥미를 잃고 현실에 주저앉았다. 배터리가 다 된 핸드폰처럼 조용히 멈춘 사람들의 도시는 손님이 없는 놀이동산처럼 스산했다. 살아남은 사람들이 관심을 갖기 시작한 것은 인터넷이나 방송이 아니라 오랫동안 보관할 수 있는 음식과 깨끗한 물이 나오는 수도 같은 것들이었다. 인간의 삶이 태초의 순간으로 초기화된 것 같았다.

우리 아파트는 몇 년 전부터 사람들이 빠져나가서 공실이 많았다. '해뜰아파트'라고 하면 '가난한 애들이 사는 꼭대기 동네 아파트'라는 걸 누구나 단번에 알아차렸다. 해뜰아파트에 사는 나 이박하는 비슷한 처지의 아이들하고만 어울릴 수 있었다. 할머니는 나나 동생에게 어느 동네에 사는지, 어느 아파트에 사는지 나서서 말하지 말라고 했다. 하지만 이렇게 세계가 모래에 파묻혀 잘난 사람들이고 못난 사람들이고 집을 잃고 가

족을 잃는 때가 올 줄 알았다면, 나는 해뜰아파트에 살고 있다고 더 자주 말하고 다닐걸 싶었다.

해뜰아파트는 1층부터 3층까지 상가 자리가 있고, 4층부터 13층까지 주거 시설로 분리되는 한 동짜리 작은 아파트다. 지금은 상가에서 가게가 전부 빠져 아파트 주민들의 공용 공간으로 사용되고 있다. 외관이 멋진 아파트는 아니지만 튼튼하고, 마을 꼭대기에 있어서 모래바람의 피해도 적었다. '그날' 이후로 나는 우리 아파트에 살아서 다행이라고 생각하게 되었다.

5층에는 우리 집과 버찌 언니네만 남았다. 버찌 언니네는 대학 때문에 타지로 나간 큰오빠가 하나 있고, 오랫동안 자동차 부품 공장을 운영했던 할아버지가 있다. 우리 집에는 나, 할머니, 그리고 아직도 공룡이나 말 장난감을 가지고 노는 어린 동생 이윤하가 있다.

원래 우리 집에는 이박하, 이윤하, 할머니, 그리고 할아버지가 살았다. 모래바람이 불기 전까지 할머니는 재래시장에서 반찬 가게를, 할아버지는 근처에서 가장 큰 아파트인 '윤슬아크로시티'에서 경비 일을 했다. 할머니는 저녁때에 맞춰 떨이를 하고 집에 오곤 했다.

'그날'은 할아버지가 야간 경비를 하러 저녁에 외출했고, 시장의 고정 휴일로 할머니가 집에 있었다. 할머니가 해 준 계란말이에 배부른 저녁을 먹고, 핸드폰으로 음악 방송 직캠 영상을 보고 있는데 건물이 무너지는 듯한 소리가 들렸다. 그리고 갑자기 온 세상이 깜깜해졌다.

할아버지는 돌아오지 못했다. 에어컨도, 커튼도, 제대로 닫히는 창문도 없는 경비실에서 할아버지는 모래 더미에 파묻혔다. 이틀이 지나 윤슬아크로시티 관리소에서 전화가 왔고, 나는 할아버지가 영영 돌아오지 못한다는 것을 알게 되었다.

세상이 모래로 뒤덮이기 전까지 인터넷 방송이나 사이트에서 한창 시끄러웠던 화젯거리는 키케이모스였다. 누구도 모래바람을 상상하지 못하고 있었을 때부터, 선명하게 찍힌 사진도 없는 괴물 곤충에 대해 모두가 떠들었다.

학교에서 양원동 학원가 애들끼리 하는 얘기를 우연히 들은 적이 있다. 점심을 거르고 교실 책상에 엎드려 낮잠을 자고 있었는데, 몇몇 애들이 교실에 들어와 쑥

덕거렸다.

"야, 올림포스 단과 학원 다니는 남자애들도 봤다잖아. 엄청 큰 알집."

"그거 진짜야? 그냥 관심 끌려는 애들이 하는 소리일 수도 있잖아."

잠깐 들린 흥미로운 이야기에 잠이 달아났다. 나는 이어폰에서 나오던 노래를 멈추고 애들의 대화에 귀를 기울였다.

"진짜야. 고등부 오빠도 같이 봤다는데?"

"어디서 본 건데?"

"거기 있잖아, 엄청 큰 학원 있었던 빈 건물 알아? 선배들이 담배 피우는 데."

"윽, 올림포스 옆에 옆에?"

"어어!"

전날 버찌 언니가 보여 준 인터넷 방송에도 알집을 봤다는 대학생들이 나왔다. 진행자는 어느 대학교 생물학과 교수라는 사람을 인터뷰했다.

"키케이모스는 급격한 기후 변화와 생태계 교란으로 인해 출연한 돌연변이의 한 형태라고 할 수 있습니다. 발견된 알집이 워낙 거대하고, 변태 흔적도 이전에는 발견되지 않았던 형태라 외계 생명체라는 이야기가 나오는 것도 이해는 됩니다만……, 일단 그들의 외형과 생식은 우리가 아는 '곤충'의 범위에서 크게 벗어나지 않을 것이라 추측됩니다."

버찌 언니는 생물학과 교수라는 사람의 말에 고개를 끄덕였다.

"최근 '알집'으로 불리는 키케이모스 알은 여러 개가 다닥다닥 붙은 채 모여 있는 모습으로 목격되곤 합니다. 알집 주변에서 거대한 발자국과 큐티클 조각이 발견되기도 했어요. 종합해 보면 키케이모스는 전형적인 절지동물문의 곤충강, 그중에서도 날개가 있는 유시아강에 속한다고 유추할 수 있습니다."

영상 밑에는 키케이모스를 찾으러 산으로 숲으로 들어가는 사람들의 탐사 영상이 추천되었다. 대학생들이 서울 모 숲에서 발견했다는 거대한 알집 사진이 각종 SNS에 오르내리기도 했다.

"처음에는 운석 같은 건 줄 알았대. 그런데 이게 아무리 봐도 암석의 질감이 아니었다는 거지. 무엇보다도 열

감이 느껴졌다는 거야. 그래서 생물학과 학생이 생명체가 아니냐는 의문을 제기하면서 이슈가 된 것 같아."

버찌 언니는 종종 우리 집으로 찾아와 키케이모스나 모래바람에 대해 찾은 새로운 정보를 알려 주었다. 하지만 내 귀에는 어떤 말도 들어오지 않았다. 모래바람이 세상을 덮치고, 할아버지가 돌아오지 않고, 사람들은 날카로워지고, 텔레비전까지 끊기는 사이 나는 우울감에 젖어 갔다. 언니가 보여 주는 영상 속 사람들도 좀비처럼 보였다. 이런 세계에서 벗어날 수 없다는 생각이 사람을 미치게 만드는 듯했다.

내가 할 수 있는 일이 없다고 생각하니 엄청난 무력감이 나를 짓눌렀다. 아무것도 하지 않았는데 묵직한 피로가 온몸을 덮치는 느낌이었다. 집 밖은커녕 이불에서 나가는 일도 버겁게 느껴졌다.

내가 그렇게 바닥과 하나가 되어 있는 동안 버찌 언니가 동생과 할머니를 돌봐 주었다. 그리고 언니는 절대 나를 가만히 내버려두지 않았다. 나는 언니의 말을 듣고도 가만히 누워 어떤 반응도 하지 않았는데 말이다. 그래도 언니는 나에게 이불에서 빠져나오라고 보채

거나 화내지 않았다.

"그럴 때도 있는 거야. 어차피 밖에 나가 봐야 뭐 하냐? 우리가 할 수 있는 것도 없는데."

여느 때처럼 이상한 괴담을 늘어놓던 언니가 이야기 끝에 툭 던진 말이었다. 신기하게도 그 순간 고개를 돌려 창밖을 보게 되었다. 모래에 파묻힌 건물도 자동차 잔해도 보이지 않았고, 환하게 빛나고 있는 푸른 하늘이 넓게 펼쳐져 있을 뿐이었다.

다음 날 내가 이불에서 나와 머리를 빗고 버찌 언니네 갔을 때 언니는 그다지 놀라지 않는 것 같았다. 언제나처럼 다정하고 귀여운 웃음을 보이며 어서 안으로 들어오라고 손짓했다.

"그러니까 태양의 신을 믿는 사람들에게는……."

언니 방에서는 예전에 함께 본 〈도시의 이상한 신전〉이라는 다큐멘터리의 내레이션이 나오고 있었다.

"언니, 자꾸 이런 거 보면 불안하지 않아?"

"왜 불안해?"

"실체도 없고 증거도 없는데 자꾸 종말이니 뭐니 그런 얘기 하니까."

"그래서 안 무서운 건데? 실체가 없는 얘기니까 진짜는 아닐 거잖아."

"진짜면 어떡해? 그런 상상 하면 더 무섭지 않나."

"그런가."

버찌 언니가 뭔가 생각났다는 듯 부엌으로 가더니 종이 한 장을 들고 왔다. 아파트 주민 현황표였다. 4층부터 13층까지 공실 표시가 되어 있었고, 주민들이 살고 있는 곳에는 입주민의 이름과 나이가 기록되어 있었다.

"어른들이 반상회를 시작하셨어."

"반상회?"

"응. 상가 공실 하나를 관리 사무소로 만들어서 매일 저녁 어른들이 모이셔. 각 층마다 필요한 걸 이야기하기도 하고, 주민들 사이에 무슨 일은 없는지도 확인하는 것 같아."

그제야 나는 내가 이불 속에 있는 동안 추가로 실종된 사람들이 있다는 것을 알게 되었다. 제일 먼저 란주, 태주네 아빠가 실종되었다는 소식을 들었다. 여운 오빠 말에 따르면 이미 사망한 게 확실한데 아이들이 충격받을까 봐 어른들이 쉬쉬하고 있다고 했다. 하지만 내 귀에도 아저씨 소식이 들렸으니 이미 망한 비밀이 아닌가.

반상회는 상황에 따라 아침 8시나 저녁 8시에 모여서 주민들을 살피고 아파트를 지킬 방안을 마련하고 있다고 했다. 그러니까, 주민들은 벌써 각자 위치를 잡고 이 상황에서 살아남을 방법을 함께 강구하고 있었다. 버찌 언니는 반상회에 우리가 빠지는 게 잘못된 것 같다며, 아이들도 참여할 수 있게 해 달라고 말해 놨다고 했다.

나도 정신을 차려야 한다. 그러려면 버찌 언니가 말한 것처럼 반상회에도 참여하고, 다른 주민들처럼 일도 해야 했다.

나보다 몇 살 더 많은 언니 오빠들은 통신 설비나 아이 돌봄을 담당하고 있다고 했다. 그중에서도 버찌 언니는 검색의 신이라서 인터넷이 연결될 때마다 재빠르게 SNS와 거리 CCTV 영상, 해외 기사 등을 훑었다. 우리 아파트 바깥의 사람들은 어떻게 살고 있는지 염탐하고 오는 것이 버찌 언니의 임무였다. 그러기 위해서 대학생 여운 오빠와 또래 친구인 태빈 오빠가 인터넷 설비를 계속 손봤다.

어른들은 아파트의 부실한 곳들을 수리하고 있었다.

제일 먼저 아파트 복도에 공사용 천막이 둘렸다. 갑자기 키케이모스가 달려들거나 모래바람이 불어와도 피해를 입지 않도록 나름대로 두꺼운 장벽을 친 것이다. 덕분에 아파트 복도와 계단은 천막 색을 따라 새파란 빛으로 가득했다. 이상한 연구소에 납치당해 실험실에 갇혀 있는 듯한 기분이 들었지만, 무섭지는 않았다. 각층 엘리베이터는 운행할 수 없도록 아예 선을 끊어 두었다고 했다. 1층에서는 공장을 했던 버찌 언니네 할아버지를 주축으로 아저씨들이 무기를 만들고, 외출용 사륜차를 개조하고 있었다.

우리 할머니는 주민들에게 식량을 배급하는 역할을 맡았다. '반찬 가게 할매'라면 믿을 수 있다는 게 통장 아주머니의 주장이었다. 그럼 우리는? 우리 아파트에는 내 또래인 중학생 아이들이 제일 많이 남아 있었다.

이불 속에서 겨우 벗어난 날 저녁, 나는 버찌 언니를 데리고 반상회가 열리고 있는 3층 관리 사무소로 향했다. 그러고는 문을 쾅 열고 큰 소리로 외쳤다.

"우리도 뭔가 하게 해 주세요!"

어른들은 갑작스러운 인물의 등장에 놀란 표정이었다.

"박하야, 무슨 일이니?"

"키케이모스를 본 사람은 없고, 모래바람은 언제 또 불어올지 몰라요. 하지만 곧 전기도 완전히 끊길 것 같고, 식량도 구해야 하잖아요. 우리는 어른들처럼 뭘 만들 수는 없지만 나가서 물건을 찾는 일 정도는 할 수 있을 것 같아요."

"누군가 외출을 해야 한다는 말엔 동의하지만, 네가 말하는 '우리'는 누구니?"

버찌 언니네 할아버지가 물었다.

"집에서 가만히 누워 있을 저 같은 여자애들이요."

"하지만 바깥은 위험하단다. 모래바람도 그렇지만, 사람들이 난폭해져서 더 위험할 거야. 어른들도 쉽게 다닐 수 없는 상황이라는 거 잘 알잖니."

통장 아주머니가 말했다. 그러자 주변의 어른들이 다 고개를 끄덕이며 한마디씩 덧붙였다.

"우리는 누구보다도 이 동네 골목 구석구석을 잘 알고 있어요."

버찌 언니네 할아버지는 더 이상 말이 없었다. 고민하는 듯한 표정이기도 했다. 그때 아파트 상가에서 태권

도장을 운영했던 우기 관장님이 물었다.

“세훈이 같은 남자애들은 필요 없고?”

“남자애들은 벌써 맡은 일이 있잖아요. 나가서 식량을 구해 오는 건 저희가 해 볼게요.”

그때 뒤에 서 있던 버찌 언니가 말했다.

“만약 애들이 나가게 된다면 여자애들만 나가는 게 좋을 것 같아요. 세훈이나 재영이 같은 애들은 지금처럼 어른들을 도와서 기계를 만지게 하고요.”

“무슨 이유라도 있는 거니?”

버찌 언니네 할아버지가 진지하게 물었다.

“얼마 전에 인터넷에서 우주 생물학자가 하는 얘기를 들었는데요, 그 괴물 곤충들이 인간의 페로몬을 감지하는 것 같다고 하더라고요. 우리에겐 밝혀지지 않은 페로몬을 괴물 곤충들은 안다는 거예요! 그런데 인간의 페로몬 물질이 남성 호르몬에서 유래된 거라는 가설이 있거든요. 그러니까 2차 성징이 와서 테스토스테론이 분비되기 시작한 남자애들은 좀 더 위험할지도 몰라요.”

모두가 조용히 버찌 언니의 이야기를 들었지만, 표정이 좋지는 않았다.

"조심해서 나쁠 건 없으니, 박하 말대로 여자애들을 믿어 보는 건 어떨까요?"

버찌 언니의 말에 우기 관장님은 다른 어른들과 작은 목소리로 이야기를 나눴다. 우리 할머니는 당황한 것처럼 보이기도 했고, 화가 난 것처럼 보이기도 했다. 나는 할머니의 손을 꼭 잡고 서서 말했다.

"주민 현황표를 봤어요. 어느 집에 누가 있는지, 몇 살인지……. 딱 제 또래 여자애들만 하고 있는 게 없는 것 같더라고요. 열두 살 이상 열여섯 살 이하의 소녀들이요. 우리 동네에서 쭉 자라서 길을 잘 아는 친구들로 '외출인' 팀을 만들고 싶어요. 다섯 명 정도가 있어요."

어른들이 너무 조용해서 더 이상 어떤 말을 해야 할지 몰라 가슴이 답답했다.

"학교도 못 가고 게임도 못 하고…… 아무것도 할 게 없어요. 이대로 가다가는 답답함에 질식해 버릴 것 같아요."

우기 관장님이 알았다는 듯이 고개를 끄덕였다.

"우리가 동네 구석구석을 훑어볼게요. 식량이든 생존자든 찾아야 하잖아요. 못 하겠으면 못 하겠다고 말할 테니까, 일단 시도라도 하게 해 주세요."

감이와 삼오유치원 앞에서 옛날얘기를 나누고 발에 걸리는 것들을 꺼내 보며 천천히 학교 쪽으로 향했다. 학교 정문 앞에 다다랐을 때 우리는 안으로 들어가지 않고, 다음 경로로 가 보기 위해 아래 골목으로 돌아 내려가려고 했다.

그런데 갑자기 "우두두두!" 하는 소리가 들렸다.

"방금 뭐야?"

"너도 들었지!"

"혹시 방송국 헬기 아니야?"

"그럴 리가 없잖아. 뉴스는커녕 하나둘 방송을 끊고 있는데."

"그, 그럼 군용 헬기? 경찰?"

하지만 방송국도 정부도 사태 파악과 수습에 손을 놓은 지 한 달이 넘었다. 살아남은 시민들은 숨죽인 채 각자의 삶을 살아가고 있었다. 긴급 문자 서비스도 진작에 끊겼고, 우리만 해도 해뜰아파트 주변 사람들이 어떻게 살고 있는지 전혀 모른다.

순간 감이가 내 팔목을 세게 쥐었다.

"키케이모스 아니야? 망했다!"

"뭐? 설마."

"어떡하지, 어떡하지?"

"아씨, 일단 학교 안으로 들어가자!"

우리는 모래 더미에 박혀 마음처럼 빨리 움직이지 않는 다리를 질질 끌고 학교 정문을 통과했다.

본관 건물을 향해 앞서 걸어가던 감이가 외쳤다.

"문이 다 잠겼는데?"

그때 체육관은 재난 상황에 지역 임시 대피소로 활용되기 때문에 항상 열어 둔다는 교장 선생님의 말이 떠올랐다.

"체육관!"

"어! 좋은 생각!"

제발 문이 열려 있길 빌면서 체육관으로 향했다. 날갯소리는 점점 더 커지는 것 같았다. 우리는 숨을 헐떡이며 체육관 정문에 도착했다. 커다란 유리문을 감이와 함께 밀자 모래 때문에 잘 열리지 않을 것 같던 체육관 문이 천천히 스윽 열렸다. 체육관 내부에는 모래 알갱

이와 진흙이 섞인 발자국 여러 개가 찍혀 있었다. 우리는 문이 완전히 닫히는 것을 보고 주변에서 의자를 끌고 와 유리문 위쪽 잠금장치를 돌렸다. 그리고 수업용 도구 창고 쪽을 향해 달렸다.

창고는 잠겨 있었다. 나는 한숨을 푹푹 내쉬며 체육관 안쪽의 무대 위에 올라가 앉았다.

"……감이 너는 키케이모스가 있다고 생각해?"

"뭐야, 그럼 넌 없다고 생각해?"

감이가 의아한 표정으로 되물었다.

"실제로 본 적은 없으니까."

"그런가?"

"그냥 유령 같아서."

그대로 우리는 말을 잃고 숨을 여러 번 내쉬었다. 숨을 고르고 나니 체육관의 고요한 백색 소음이 파도처럼 귀에 밀려 들어왔다. 밖에서 들리던 커다란 날갯소리는 더 이상 들리지 않았다.

"체육관이 너무 커서 소리가 막 울린다."

"그러게."

"너무 크게 들리니까 무서워."

"나는 여기가 텅 빈 게 무서워. 이렇게 큰 건물에 아무도 없으니까 진짜 이상하지 않아?"

"맞아. 원래 학교에 괴담이 많잖아. 으으, 소름 돋는다."

우리는 한동안 가만히 무대 위에 앉아 시간이 어떻게 흘러가는지 잊고 있었다. 불쑥 우유통 자매와 다나가 생각났다. 특히 혼자 돌아다니고 있을 다나가 신경 쓰였다.

"다나는 왜 그렇게 고집스러운지 모르겠어."

"걔 학교에서도 애들이랑 별로 안 친하잖아."

감이가 무대 뒤를 가리고 있는 거대한 커튼 자락을 훑으며 대답했다. 감이는 다나랑 1학년 때 같은 반이었다. 다나네 엄마가 외국인이라서 애들이 따돌리는 것 같은데, 다나가 맞고 다닌다거나 물건을 빼앗기는 정도는 아니어서 감이는 어떻게 해야 될지 모르겠다고 했었다.

"혼자 돌아다니게 놔두는 게 아니었는데."

"이박하, 역시 신경 쓰이는구나?"

대답하지 않았다. 아까까진 잔뜩 졸아 있더니 금세 장난기 어린 얼굴로 묻는 감이가 조금 얄미웠다.

"어차피 다섯 명이라서 둘씩 짝을 지으면 누구 한 명

은 혼자 다녀야 되는 상황이니까. 다나가 원해서 혼자 다니기로 한 거고. 신경 쓰지 마."

"버찌 언니가 외출인 한다고 했을 때 편들어 줄걸 그랬나? 그럼 여섯 명이니까 2인 1조로 다닐 수 있었을 거 아냐."

나는 무대 끝에 걸터앉아서 체육관 바닥 무늬를 눈으로 따라 그리고 있었다. 감이가 내 옆에 와서 똑같은 자세로 걸터앉더니 다리를 흔들었다.

"그렇게 생각하면 또 그렇지."

"다나는 몰라. 내가 얼마나 자기를 신경 쓰고 있는지."

"응. 그건 진짜 모르는 것 같다. 너네가 좀 싸우냐?"

"뭐 내가 혼자 그러냐?"

"어쨌든. 쓸모 있는 물건은 다나가 제일 잘 구해 오잖아. 너무 걱정할 필요는 없다는 거지."

바깥 소리가 들리지 않아서 마음이 좀 편안해지는 것 같았다. 창고가 열렸다면 공이라도 꺼내서 아무 생각 없이 뛰어놀았을 것이다. 체조 매트를 꺼내 그 위를 마구 구르고 뛰어다녔어도 재밌었을 텐데! 그보다 더 재밌는 걸 발견했을 수도 있다. 이대로 여기에 있다 보면 해가 지는 줄도 모를 것 같았다.

우리는 체육관 뒷문을 열어 보기로 했다. 밖에 모래 더미가 쌓여 있는지 잠금장치를 풀었는데도 문이 열리지 않았다. 그때 앞문이 덜컹거리는 소리가 들렸다. 분명 바람 소리는 아니었다. 밖에 있는 누군가가 문을 잡고 흔드는 소리가 분명했다.

"왁!"

순식간에 문이 뜯기듯 열렸다. 입구에 두 사람의 형체가 보였다. 나랑 감이는 너무 놀라 그대로 굳어 있는데, 두 사람이 우리 쪽으로 점점 다가왔다. 나란히 망토를 두른 모습이 꼭 버찌 언니가 보고 있던 이상한 종교 다큐멘터리에 나오는 사람들 같았다.

그때 둘 중 한 사람이 우리를 발견하고는 소리쳤다.

"와씨! 뭐야!"

"뭐, 뭐야! 왜 자기들이 놀라!"

"그러니까!"

뒤집어쓴 망토 때문에 얼굴은 잘 보이지 않았지만, 목소리를 들어 보니 우리 또래인 듯했다. 나와 감이는 마주 보며 가슴을 쓸어내리고 아이들이 다가오는 것을 바라보았다.

"너희는……."

망토를 벗으며 다가오던 아이가 말끝을 흐렸다. 분명 우리 또래로 보이는 얼굴인데, 둘 다 키가 무척 컸다. 내가 160센티미터니까, 한 명은 170센티미터쯤 되는 것 같았고, 다른 한 명은 180센티미터가 넘어 보였다. 무대 코앞까지 다가온 아이들이 망토를 완전히 벗고 우리 앞에 멈춰 섰다. 키가 더 작은 아이는 머리를 군인처럼 짧게 밀었고, 더 큰 아이는 뒷머리를 길러서 여러 갈래로 땋은 특이한 머리 모양을 하고 있었다. 중학생이라면 그렇게 눈에 띄는 머리는 잘 하지 않을 텐데, 고등학생이나 대학생이라고 하기엔 너무 앳된 얼굴이었다. 감이와 나는 무대에서 내려와 아이들과 마주 보고 섰다.

"나는 처음 보는 애들인데……."

감이가 나를 보며 말했다.

"너네, 우리 학교 애들 아니지?"

"학교? 아, 여기?"

짧은 머리 남자애가 내게 되묻더니 옆에 선 다른 아이와 눈짓을 주고받았다. 그러고 나서 우리에게 묻는다는 게, 정말 황당한 질문이었다.

"너희는 인간이지?"

"뭐?"

"그럼 뭐, 우리가 키케이모스로 보이냐?"

감이가 이죽거리며 말했다.

"……."

갑자기 소심한 얼굴이 된 짧은 머리 아이 옆에서 키 큰 아이가 말했다.

"우리는 옆 동네에서 지내. 막사를 치고 살고 있어."

버찌 언니가 옆 동네 영상을 보여 준 적이 있다. 주안동과 부일동은 완전히 모래에 뒤덮여 마을이 사라진 것 같다고 했다. 영상 속 모래 더미는 거의 산처럼 보여서 가 본 적도 없는 사막 냄새가 나는 것 같았고, 버찌 언니랑 뒷산에서 시멘트 포대를 깔고 눈썰매를 타던 어린 시절을 떠올리게 했다. 어쨌든 그쪽에서 온 아이들이란 건데…….

그때 감이가 무언가가 기억났다는 듯 "아!" 하고 짧은 탄성을 내뱉었다.

"전에 다나가 말했던 텐트촌 애들 아니야?"

"텐트?"

"응. 그런데 캠핑용 텐트 같은 게 아니라 무슨 유목민 집처럼 생겼다고. 왜 방송에 나오는 난민 캠프 같은 데 있는 엄청 큰 천막 있잖아. 그런 걸 봤다고 했었거든."

"다나가 그런 걸 봤대? 어디서?"

"부일동 어디라고 했던 것 같은데?"

모래가 다 뒤덮인 후에 텐트를 치고 사는 사람들이 있다는 건가? 그보다도 다나가 혼자 부일동까지 다녀왔을지도 모른다는 생각에 기분이 언짢아졌다. 그런 위험한 짓을 하고 다니면서 있는 고집은 다 부리고, 아무리 생각해도 마음에 안 든다.

"우리는 막사인이야. 나는 디오, 얘는 엑스야."

키가 작은 까까머리 남자애가 말했다.

"막사?"

"응. 너희 말로 하자면 막사지. 모래바람을 피하려고 치는 집이야."

엑스라는 애가 내미는 핸드폰을 들여다봤다. 화면에 유목민 집처럼 생긴 거대한 막사가 보였다.

"와! 나 이런 핸드폰 처음 봐."

감이의 말처럼 그 핸드폰은 나도 처음 보는 기종이었다.

"핸드폰이 아니니까……."

디오라는 애가 웅얼거리며 말했다.

"그럼 너넨 부일동이나 주안동에서 온 거구나? 몇 학년?"

내 질문에 남자애들은 서로를 바라보면서 곤란한 표정을 지었다.

"우리는 이 학교 다녔거든. 곧 졸업이었는데 이렇게 돼 버려서 망했지, 뭐. 나는 이박하."

"아, 반가워. 다시 소개할게. 나는 디오야."

본명인가? 특이하고 예쁜 이름이었다.

"몇 살이야?"

내 물음에 디오가 바로 대답하지 못하자 키 큰 남자애가 끼어들었다.

"나는 엑스야. 우리는 같은 동네 친구."

"한 명은 이름이 디오고, 또 한 명은 엑스? 무슨 닉네임이야?"

감이가 신기하다는 듯 묻자 디오가 우물쭈물하며 대

답했다.

“본명이야. 우리는 2인 1조로 다니고, 오늘은 어른들 몰래 빠져나와서 돌아다니다가 여기까지 왔어.”

“너희도 2인 1조로 외출하는구나? 우리 아파트에서는 중학생들이 외출해서 생필품을 구해 오고 있어. 외출인이라고 불러. 나는 송감이. 얘랑 또 세 명 더 있어.”

우리 소개를 하던 감이가 엑스와 디오에게 다시 물었다.

“그래서 너네는 몇 살이야? 부일남중 애들인가?”

지금 이 상황에 그게 중요한 건 아니지만, 이번에도 남자애들은 별다른 대답을 하지 않고 서로를 보며 큭큭 웃을 뿐이었다. 유목민이 살 것 같은 막사에 살고, 머리 모양도 특이하고, 말투도 느릿느릿한 게……. 그러고 보니 애들의 생김새도 평범하지 않았다. 눈동자색도 너무 밝아서 이질적으로 느껴졌다. 게다가 느닷없이 우리한테 인간이냐고 묻질 않나. 뭐, 자기들이 다른 종족이라도 되는 것처럼 말이다.

감이와 엑스가 이런저런 이야기를 나누는 사이, 나는 디오에게 말을 걸었다.

"너네가 구해 가야 하는 건 뭐야? 우리 같이 찾아 보자."

"응?"

"키케이모스가 더 잘 꼬이긴 하겠지만, 어쨌든! 이 동네는 우리가 더 잘 아니까 도와줄게."

"너희가 말하는 키케이모스라는 거, 커다란 곤충 말하는 거지?"

"응, 그거. 뭐, 나도 실제로 본 건 아니지만."

"지금은 한창 활동하는 시간이니까 여기 있는 게 안전할 거야."

뭐라고? 막사에 사는 사람들은 키케이모스에 대해 아는 게 있는 걸까? 디오와 엑스에게 흥미가 생겨 다급하게 디오의 망토를 붙잡았다.

"키케이모스에 대해 뭔가 아는 게 있는 거야?"

내 질문에 디오가 웃는 듯한 표정을 지었다.

돌아오지 않은 자매

어느새 수요일 아침이다. 학교에 안 가니까 시간 개념이 없어지는 느낌이다. 오늘 아침 반상회에서 다나가 새로운 의견을 내놨다. 외출인들이 자유롭게 외출할 수 있도록 허락해 달라는 요구였다. 지금은 반상회의 결정에 따라서만 외출할 수 있는데, 우리가 조금 더 자유롭게 외출하면 더 자주 좋은 물건을 찾을 수 있을 거라는 주장이었다.

다나는 열 번째 외출에서도 쓸모 있는 것을 잔뜩 가져왔다. 빨간 플라스틱 썰매에 통조림과 마른 채소를 가득 싣고 와서 어른들도 모두 "와!" 소리를 내며 놀랐다. 감이가 가게를 다 털어 온 거냐고 장난스럽게 물었지만 다나는 언제나처럼 "어" 하고 정 없게 대답하는 게 다였다.

나는 오늘은 꼭 담판을 지어야겠다는 생각으로 다나에게 따져 물었다.

"너 핸드폰 들고 갔었어?"

다나는 피곤하다는 표정을 지으며 고개를 끄덕였다.

"야!"

참다못한 내가 소리를 지르자 다나는 그제야 입을 열었다.

"가져가긴 했는데, 어차피 전화도 인터넷도 먹통이었다고."

"버찌 언니가 누누이 말했잖아. 키케이모스가 전자파를 감지하는 것 같다고!"

다나가 언짢은 표정을 지으며 한숨을 쉬었다.

"그래서?"

"뭐?"

"넌 키케이모스 진짜로 본 적은 있고?"

"만나지 않게 조심해야지. 조심하자는 건데 뭐가 불만이냐, 너는?"

내 말에 다나가 핸드폰을 내밀었다. 화면에는 지도

사진이 떠 있었다.

"나가서 핸드폰으로 뭘 한 건 아니야. 외출하기 전에 찾아 둔 지도 사진이 필요했을 뿐이지. 정확한 길도 모르는데 무턱대고 나가는 게 더 위험한 거 아니야?"

"대단하네."

"비꼬지 마."

"누구는 그런 생각 못 하는 줄 알아? 규칙을 어기고 네 멋대로 행동했다는 게 기분 나쁜 거야. 너 하나로 인해서 모두가 위험해질 수도 있는 거고!"

결국 나는 또 다나랑 말싸움을 했다. 오늘 아침 반상회에서 다나가 했던 요구도 터무니없게 느껴졌다. 외출 횟수가 많을수록 물자를 구할 확률이 높아지는 건 당연하다. 하지만 그만큼 더 큰 위험을 감수해야 한다는 사실은 왜 자꾸 무시하는 걸까. 차라리 요일을 정해서 외출하는 게 어떻겠냐는 내 추가 의견에도 다나는 구겨진 얼굴이었다.

반상회를 마치고 나오는 길에 감이를 마주쳤다. 감이는 어른들을 도와 복도 천막을 보수한다고 했다. 나는 곧장 버찌 언니네로 향했다. 언니네 집에는 내 동생 이

윤하를 포함한 유치원생들이 모여 놀고 있었다.

"이윤하! 어디 간다고 말도 안 하고 여기 와 있네?"

"어차피 나 여기 있을 거 알았잖아."

"이게 조금 컸다고!"

그때 버찌 언니가 화장실에서 나오다가 놀리듯 말했다.

"그래. 너도 조금 컸으면서 되게 누나인 척하기는! 그나저나, 아직도 다나랑은 말 안 해?"

"내가 언제는 걔랑 뭐 말하고 지냈나."

"그건 그런데. 화해 좀 하지?"

"몰라. 걔가 협조 안 하는 게 하루 이틀이 아니잖아."

"왜 그렇게 까칠한 거야, 너희 둘 다."

"아니! 언니가 그랬잖아. 키케이모스가 전자파를 감지하는 것 같다고. 그래서 다 같이 조심하기로 한 건데 걔는 진짜 개념이 있냐?"

"어차피 신호가 잡히는 것도 아니고, 다나도 조심했을 거야."

"그래도 혹시 모르잖아. 그냥 전자 기기를 들고 다니는 것 자체가 위험할 수 있다니까?"

"다나가 핸드폰을 들고 다닌다고 네가 위험해지는 것

도 아닌데 왜 그래?"

"걔가 위험하지!"

"다나가 걱정된다?"

그런 거라고 대답하고 싶지 않았다. 나는 얼른 입을 다물고 고개를 돌려 버렸다. 사실 다나의 요구 사항은 나와 감이에게도 손해가 아니었다. 지난번 외출에서, 까까머리 디오와 키가 큰 엑스는 우리에게 일주일에 한 번씩 학교 체육관에서 만나 정보를 주고받자고 말했다. 일단 이번 주에는 목요일에 보자고 했는데, 그게 바로 내일이었다. 각자의 동네에서 벌어지는 일, 키케이모스가 출몰하는 지역, 물자를 구할 장소 등 필요한 정보를 교환하자는 게 다였으니 나쁜 제안은 아니었다. 하지만 애초에 우리는 아무 때나 외출할 수 있는 상황도 아니었는데. 잘 모르는 아이들의 말에 그냥 고개를 끄덕여 버린 내가 새삼 이해되지 않았다.

게다가 우리보다 키가 한참 큰 아이들은 나이나 학교 같은 기본 정보도 알려 주지 않았다. 궁금한 게 더 있었지만 그 애들 앞에서는 왠지 주눅이 들어서 이것저것 물어보기가 어려웠다. 결국 감이와 나는 해가 지기 전에 동네 탐색을 마쳐야 한다며 대충 둘러대고 도망치듯 학교에서 빠져나왔었다.

"언니, 지난번에 감이랑 나랑 우리 학교 갔었다고 했잖아."

"응."

막사인 이야기를 하려다가 고개를 돌려 내 눈을 똑바로 들여다보는 버찌 언니의 시선에 화들짝 놀랐다. 그 순간 낯선 아이들을 만났던 이야기는 하지 않는 게 낫겠다는 생각이 들어 급하게 화제를 돌렸다.

"그, 어, 그러니까! 그렇지! 학교가 너무 조용하더라고."

"엉?"

"맨날 시끌벅적하던 학교만 보다가 조용한 학교를 보니까 이상하더라. 감이도 옆에서 막 무섭다고 하고! 막상 이런 세상이 되니까 학교가 그립기도 하고……. 뭐 그랬다고!"

"아, 뭔지 알아. 급식도 지금 먹으면 꿀맛이라고 할 것 같아."

"그치?"

그때 누군가가 다급하게 현관문을 두드렸다.

"언니, 언니!"

"혹시 박하 여기 있어?"

언니와 함께 현관에 나가 보니 감이와 다나가 있었다.

"란주랑 태주가 사라졌대."

감이가 잔뜩 겁에 질린 표정으로 말했다.

"뭐?"

"여운 오빠랑 태빈 오빠가 반상회에 참여 못 한 사람들 집을 싹 돌았다는데."

다나가 이어서 말했다.

"란주네 집에 아무도 없더래."

"란주네 아저씨 아직 안 돌아오셨잖아. 그러니까 란주랑 태주 둘이 있어야 하는데 아무도 없더래."

감이는 거의 울상이 되었고, 우리가 떠드는 소리에 뒤에서 윤하가 나타나 "누나, 무슨 일 있어?" 하고 물었다. 버찌 언니가 동생들을 데리고 언니 방으로 들어갔다. 방 안에서는 피아노 장난감에서 흘러나오는 동요가 들리기 시작했다.

"오늘은 외출한다는 공지도 없었는데."

다나의 목소리가 묘하게 떨리는 것 같았다. 그러고 보

니 다나는 가만히 서 있는 게 아니라 불안한 사람처럼 발을 가만 두지 못하고 있었다.

"우리가 찾으러 나가야 하지 않아? 걔네 분명 무슨 이유로든 밖에 나간 거야."

다나의 미간에 세로로 주름이 선 게 보였다. 하지만 나랑 싸울 때 표정과는 달랐다.

"나가는 건 어른들이 허락 안 해 주실 거야."

내가 말하기가 무섭게 다나가 나를 째려봤다.

"일단 긴급 반상회 열지 않을까? 기다려 보자고."

내 말에 감이가 고개를 끄덕이며 다나의 어깨를 토닥였다. 다나가 긴 한숨을 내쉬었다. 우리가 어떤 말을 해도 '뭐 어쩌라고' 하는 태도를 유지하던 다나가 오늘은 정말 이상해 보였다.

"후, 버찌 언니네 할아버지나 통장 아주머니한테 말하고 나가 봐야겠어."

다나는 외치듯이 말하고 금세 계단으로 뛰어갔다.

"아씨, 어떡함? 진짜 어떡해!"

발을 동동 구르는 감이를 나는 우선 안으로 들였다.

"란주, 태주가 어디로 갔을지 예상되는 데는 있어?"

버찌 언니가 방에서 나오며 물었다.

"전혀……. 송감이 네 생각은?"

"나도 모르겠어. 걔네는 늘 우리랑 따로 다녔으니까."

"마지막 외출 때 어디로 다녀왔다는 말도 없었고?"

"그날은 자유 시장 쪽에 다녀오겠다고 했어."

"그리고 그날은 무사히 돌아왔던 거지? 별다른 말도 없었고?"

"응. 둘 다 진짜 평소 같았어."

언니가 식탁에 있던 태블릿 PC를 챙겨 들고 거실에 앉아 할아버지의 발명 책상 위 물건들을 한쪽으로 쭉 밀었다. 그러고는 언제 준비했는지 모를 동네 지도를 펼쳤다. 지도 아래쪽에는 '해뜰부동산'이라는 글자가 진한 파란색으로 쓰여 있었다. 우리는 버찌 언니 옆에 나란히 앉아서 언니의 손을 눈으로 좇았다.

"자유 시장이 이쪽이니까, 너희 학교랑 반대쪽이고……."

"응. 맞아."

"애기들이 주안동 쪽으로 갔었다는 얘기는 한 적 없고?"

"응. 우리는 항상 모래바람이 부는 반대쪽으로만 다니기로 했어. 바람을 느낄 수 없을 땐 무조건 위쪽으로

만! 아랫동네로는 내려가지 않기로 했어. 그래서 자유 시장에 간 걸 거야."

"하지만 우리한테 숨기고 다른 데 다녀왔을 수도 있잖아."

감이가 걱정스러운 표정으로 말했다. 그러자 버찌 언니가 태블릿 PC 사진함에서 무언가를 찾았다. 화면에는 수많은 모래 이미지가 떴다. 정확하게는 모래에 뒤덮인 동네의 앙상한 현장 영상이나 사진이었다.

"란주네 가게가 어디 있었지?"

버찌 언니가 빠르게 사진을 넘기다가 무언가 생각났다는 듯이 물었다.

"란주네 아저씨 가게 말하는 거야?"

"응."

언니가 천천히 보기 시작한 사진에는 시장길, 유통 상가, 마트 등의 장소가 있었다. 시장에 있었던 것 같기도 하고……. 아줌마가 일했던 채소 가게는 시장에 있었던 게 확실한데, 아저씨가 혼자 운영하던 건어물 가게는 잘 기억이 나지 않았다. 감이도 비슷해 보였다. 이리저리 눈을 굴리며 생각해 내려고 하던 감이는 결국 아쉽다는 듯이 말했다.

"아저씨 가게는 중간에 한번 이사했었어. 그것만 기억나."

긴급 반상회가 소집되었다. 어른들은 모두 흥분해서 언성을 높였다.

"애들을 찾으러 나가야 해요!"

"아니, 그래서 내가 처음부터 반대했잖아요. 애들이 나가는 건 위험하다고!"

"맞아요! 일단 외출인 애들부터 단속합시다. 다른 애들까지 위험하게 할 순 없어요. 얼마 전에 버찌네 할아버님이랑 앞마당에 나갔다가 얼마나 놀랐는지. 그 분홍색 액체 말입니다! 키케이모스 분비물일 거예요. 그게 우리 아파트 단지에서도 보였단 말입니다!"

우리는 처음 듣는 얘기였다. 다른 주민들도 마찬가지였는지 다들 눈이 동그래져서 웅성거렸다. 버찌 언니네 할아버지는 한숨을 내쉬었다. 그때 누군가가 말했다.

"그러니까 애들이 갑자기 사라진 게 외출 탓은 아니죠."

"키케이모스가 애들을 잡아갔다고 말할 셈이에요?"

"아니, 그런 얘기가 아니잖아요! 어쨌든 위험하다는 거죠."

"그럼 어른이 나간다면 누가 나갈 건데요?"

"그래요. 일단 지금 그 아이들을 찾으러 나가는 거요! 그걸 누가 할 거냐 말이에요."

그러자 아무도 선뜻 대답하지 못했다. 그때 감이가 갑자기 자리를 박차고 관리 사무소에서 뛰쳐나갔다. 나는 감이를 쫓아 나갔다. 감이는 주먹을 쥔 채 씩씩거리며 서 있었다.

"이렇게 싸울 시간에 누구라도 나가는 게 맞잖아."

감이는 당장이라도 울음을 터뜨릴 것 같은 얼굴로 말했다.

"핸드폰이 있었으면 좋겠어. 우리가 맨날 메시지 보내고 전화 걸고 했던 그 핸드폰! 전화 한 번이면 어딨는지 바로 알 수 있었는데……. 몇 초면 되는 건데……."

결국 감이는 눈물을 뚝뚝 흘리기 시작했다. 나는 가만히 감이의 등을 쓸어 주었다.

그러고 보니 다나가 보이지 않았다. 긴급 반상회 자리에 다나네 부모님은 분명 있었는데. 나는 곧장 6층으로 뛰어 올라갔다.

'혹시나 했는데!'

다나네 집에는 아무도 없었다. 그럼 다나는 어디로 간 거지?

다시 3층으로 내려왔더니 감이가 젖은 얼굴로 멍하니 나를 바라보았다. 관리 사무소 옆에는 버찌 언니네 할아버지가 외출인 아지트로 만들어 준 창고가 있었다. 아지트 문을 거칠게 열고 들어서자 감이가 내 뒤를 따라 들어왔다.

나는 소파를 밟고 올라가 책장 가장 높은 칸에 올려 두었던 '금지' 상자를 꺼냈다. 금지 상자에는 우리가 외출할 때 쓰면 안 되는 핸드폰, GPS 장치, 스마트워치 등의 전자 기기를 넣어 놨었다. 모두 전원을 꺼 둔 상태였고, 비상시에 서로 합의한 상태에서만 사용하기로 했었다. 이곳에 금지 상자가 있다는 건 외출인 다섯 명밖에 모르는 일이었다.

"아!"

나도 모르게 탄성이 터져 나왔다. 내 반응에 감이가 금지 상자를 들여다보며 "왜왜왜왜!" 하고 재촉했다.

"없어."

"뭐가?"

"다나 핸드폰."

"뭐?"

"그리고 태주의 GPS 시계."

"그럼 애들이 가져간 거야? 란주랑 태주가 진짜 작정하고 외출했다는 거고?"

"응. 일부러 나갔겠지. 아저씨를 찾으러든 뭐든."

"잠깐! 다나는? 다나 핸드폰이 없다는 건?"

"다나는 우유통 자매를 찾으러 나간 거고."

나는 소파에 흘러내리듯 주저앉아 버렸다. 창고 옆 관리 사무소에서는 아직도 어른들이 싸우는 소리가 들렸다. '어른들이 나가야 한다'와 '애들이 더 잘 알 것이다'가 끝도 없이 부딪치고 있었다. 감이는 언제라도 다시 울 것 같은 표정으로 내 옆에 털썩 앉았다.

"내일이 목요일이잖아."

"응."

주눅 든 목소리로 감이가 대답했다.

"막사인들이 내일 만나자고 했어. 그치?"

"그렇지."

"우리, 내일 외출하자."

"어른들한테 비밀로 하고 나가자고? 다나도 사라졌는데, 우리까지 사라지면……."

"내일 그 애들을 만나서 도와달라고 하자."

"엥?"

"키케이모스에 대해서 아는 게 있는 것 같았단 말이야. 그때 우리 만났을 때, 키케이모스가 활동하는 시간이니까 여기 숨어 있는 게 안전하다는 둥……. 그리고 걔네가 입고 다니는 망토에도 뭔가 있을 거야."

"걔네가 어떤 애들인지 잘 모르잖아."

감이가 고민이 되는 듯 머뭇거리다가 말했다.

"그래도 우리끼리 나가는 것보단 낫지 않을까? 둘보다는 넷이 머릿수도 많고."

"으으으! 란주고, 태주고, 이제 강다나까지!"

선뜻 대답하지 못하는 감이가 이해됐다. 하지만 감이가 이해되는 만큼 막사인 아이들에게 끌리는 것도 사실이었다. 어차피 지금 이대로는 아이들이 어디에 있는지 알 수 없다. 연락해서 어디냐고 물을 수도 없고, 집에 가만히 앉아 인터넷으로 찾아볼 수 있는 것도 아니다. 어쨌든 저 세상 밖으로 나가야 하는데, 역시 제일 걱정이 되는 건 키케이모스다.

"알았어. 어쨌든 어른들 결정을 기다리고 있을 수만은 없어. 대신……."

감이가 금지 상자를 뒤적여 핸드폰을 꺼내며 말했다.

"이번에는 모험을 좀 해 보자."

"핸드폰을 가져가자는 거야?"

"막사인 애들 도움도 받고, 핸드폰도 쓸 수 있으면 써 보자. 최대한 애들을 빨리 찾아서 돌아오는 게 중요하잖아."

"……."

"혹시 알아? 갑자기 데이터나 와이파이가 연결돼서 애들이랑 연락이 닿을지!"

어떤 게 안전한지, 어떻게 해야 더 빨리 찾을 수 있는지, 지금은 정말 아무것도 모르겠다. 그렇다면 감이가 말한 것처럼 모험이 필요할지도……. 나는 고개를 끄덕이며 금지 상자에서 내 핸드폰을 꺼냈다.

창밖을 내다보니 뿌연 하늘이 아파트를 덮칠 듯이 펼

쳐져 있었다. 모래 먼지가 휘날리는 곳도 있었다. 예전만큼 멀리까지 보이지는 않았다. 하지만 내일은 조금 더 맑을지도 모른다고 믿고 싶었다.

우리는 아침 일찍 움직였다. 아무나 드나들 수 없도록 막아 둔 1층 현관을 지나 지하 관리실 쪽으로 향했다. 감이가 메고 온 가방이 크고 묵직해 보여서 뭘 잔뜩 넣어 온 거냐고 물었더니 감이는 장난꾸러기처럼 웃으며 가방을 앞으로 돌려 멨다.

"다 계획이 있어!"

감이가 열어서 보여 준 가방 속에는 과자와 통조림, 그리고 감이가 좋아하는 토끼 인형이 들어 있었다.

"인형은 뭔데."

"태주랑 란주 찾으면 줄 거. 불안할 때나 무서울 때 부드러운 걸 만지면 기분이 좋아진다고!"

감이의 다정함이 오지랖처럼 느껴지기도 했지만, 나는 그런 면이 싫지 않았다.

지하 관리실 앞에 도착했다. 아파트 봉쇄가 결정된 뒤로 한 번도 사용하지 않은 곳이었다. 하지만 우리가 어릴 때부터 기지 삼아 놀았던 이곳은 이번 비밀 외출을 계획하자마자 떠오른 안전한 입구였다.

외부로 연결되어 있는 작은 쪽문을 지나면서 버찌 언니가 생각났다. 언니에게는 직접 말했어야 하는 건데, 미안한 마음이 들었다. 혹시 몰라서 외출인 아지트에 메시지를 남겨 두고 오긴 했다. 윤하에게도 우유통 누나들을 찾아 오겠다고 말하면서 이건 버찌 누나한테만 말해야 한다고 약속에 약속을 받아 냈다.

쪽문을 통해 밖으로 나왔더니 우리가 생각했던 것보다 모래 더미가 더 높이 쌓여 있었다. 우리는 모래를 파헤치며 수영하듯 앞으로 나아갔다. 아파트 뒷마당에서 키케이모스의 분홍색 분비물 흔적을 본 적 있다던 어른의 말이 떠올라 주변을 살피며 조심스럽게 움직였다.

앞으로 나아간다는 생각으로 쭉쭉 모래를 밀고 나가다 보니 어느새 모래 더미가 허리까지 내려와 있었다. 눈앞에는 우리 동네에서 제일 긴 계단의 녹슨 난간이 보였다. 계단에도 모래가 잔뜩 쌓여서 긴 스키 슬로프처럼 보였다. 이제 와 아파트 정문 쪽으로 나가기에는 어른들이 우리를 찾아낼 것 같았고, 이 계단이 학교로 가는 가장 빠른 길이기도 했다.

"여기로 내려가 보자. 뒷산에서 썰매 탔을 때처럼 내려가는 거지."

우리는 가방을 먼저 밀어서 밑으로 내려보냈다. 가방이 내려가는 속도를 보니 우리도 충분히 미끄럼틀 타듯 내려갈 수 있을 것 같았다.

"우리 괜찮은 거 맞지?"

내가 바닥에 엉덩이를 대고 누우려고 하자 감이가 겁먹은 얼굴로 나를 내려다봤다.

"푸하하, 너 표정 진짜 웃기다. 나 먼저 내려갈 테니까 잘 따라와!"

모래 미끄럼틀을 타는 바람에 꼬질꼬질한 몰골이 되었지만, 우리는 무사히 학교 근처에 도착했다. 그러고 보면 막사인들은 어디서 출발해 어떻게 우리 학교까지 오는 건지, 몇 시쯤 여기에 온다는 건지 아무것도 알려주지 않았다. 체육관에 도착하자 감이가 안도의 한숨을 내쉬며 체육관 안을 방방 뛰어다녔다.

"나 피아노 쳐도 되나?"

감이가 무대 위 피아노 건반 뚜껑을 열며 물었다.

"키케이모스가 소리에 반응할지도 모르니까 조심하자."

"윽, 그 생각은 못 함."

감이가 건반 뚜껑을 닫고 그 위로 푹 쓰러지듯 엎드렸다.

"칫, 벌레 새끼들."

신비한 일들이 벌어질 줄 알았다. 나이가 든다는 게 뭔지는 아직 모르지만, 앞으로 나의 고등학생, 대학생 시절에는 더 재밌고 신기한 일들이 생길 줄 알았다. 나는 더 나아질 것이라는 기대로 살았는데, 더 나아질 게 없는 세상이 와 버렸다. 좋아하는 것을 마음껏 좋아할 수 없고, 가고 싶은 곳에 마음대로 갈 수 없는 이 현실이 미웠다. 감이가 마음껏 피아노를 치고, 유치원생들이 유치원에 가고, 나는 고등학교 교복을 맞추고, 또…….

그때 체육관 문이 열리며 디오가 들어왔다.

"먼저 왔구나."

"오늘 우리가 좀 급했어. 우리 아파트에서 아이 셋이 사라졌거든."

감이가 무대에서 뛰어내리며 대답했다.

"아이 셋?"

디오가 놀란 표정을 지었고, 그 뒤로 나타난 엑스가 무심한 표정으로 망토를 툭툭 털었다.

"응. 나랑 감이처럼 외출인으로 활동하고 있는 애들이야. 분명 저번 외출 후에 아파트에서 봤거든. 그런데 자매인 아이들이 어제부터 갑자기 보이지 않아. 아무래도 몰래 외출했다가 못 돌아오고 있는 것 같아."

"셋이라며. 세 자매가 사라진 거야?"

"아니. 둘이 자매고, 한 명은 그 둘을 찾겠다고 나가 버린 것 같아."

감이가 이마를 짚으며 대답했다.

"그럼 그 셋을 찾으러 너희 둘이 또 나왔다는 거고?"

디오가 내 옆에 앉으면서 물었다.

"응. 너희 도움이 필요해."

그러자 디오가 엑스를 바라보며 이상한 표정을 지었다.

"사실은 우리도 몰래 나왔어."

엑스가 대답했다.

"너희도? 저번에도 몰래 나왔던 거라며. 자꾸 그래도

되는 거야?"

"어쩔 수 없었어. 우리는 꼭 형제들과 다녀야 하는데, 나랑 엑스는 형제가 아니거든. 우리 형제들은 이쪽으로 가는 걸 반대해. 사람들을 만나면 안 된다고."

엑스가 차분하게 말했다. 그러자 디오가 뒤이어 말했다.

"하지만 우리는 사람들을 만나고 싶어. 몰래 나와서라도 말이야."

디오가 어색하게 웃어 보이며 엑스의 어깨를 툭툭 쳤다.

"어쨌든 도와줄게. 키케이모스가 난리 치는 이곳에서 너희끼리 할 수 있는 건 별로 없을 테니까."

"그건 또 무슨 말이야? 너희는 할 수 있는 게 있다는 거야?"

감이가 끼어들며 엑스에게 물었다. 엑스는 아무 대답도 하지 않고 체육관 내부를 이리저리 둘러봤다.

"일단, 이 건물 옥상에 올라가는 법은?"

"그건……. 저기 2층 왼쪽 스탠드."

감이가 손가락으로 2층 스탠드를 가리키며 대답했다.

"저기 유리벽 보여? 저기가 방송실이거든. 그 옆에 철문이 옥상으로 연결돼."

"그럼 저기부터 올라가 보자."

"옥상에 가서 뭘 어쩌려고?"

"거기에서 시작해야 해. 동네가 한눈에 잘 보이는 곳."

엑스는 그게 무척 쉬운 일인 것처럼 말했다.

2층 스탠드로 올라갔더니 페인트 냄새가 확 올라왔다. 방송부 아이들과 선생님 몇 명만 왔다 갔다 해서 냄새가 빠지지 않은 모양이었다. 철문에 쇠사슬이나 자물쇠가 걸려 있지는 않았지만, 오랫동안 사람 발길이 닿지 않아서인지 문이 문틀에 꽉 끼어 있었다. 아무리 잡아당겨도 문에서는 삐거덕거리는 소리만 들릴 뿐이었다. 결국 감이가 힘을 주다가 뒤로 쿵 자빠지는 바람에 웃음이 터지고 말았다. 나는 감이는 뒤로 빠지고, 엑스가 철문을 잡아당겼다. 몇 번 만에 돌바닥에 철문이 긁히는 소리가 나더니 문이 열렸다. 우리는 반쯤 열린 문틈으로 몸을 구겨 넣어 옥상으로 나갔다.

옥상은 텅 비어 있었다. 모래 사이로 언뜻 보이는 바닥은 페인트칠이 다 마르지 않은 것처럼 번쩍거렸고, 여름이 되면 미친 듯이 돌아갔을 에어컨 실외기가 비닐도

뜯기지 않은 채로 세워져 있었다. 디오와 엑스가 긴 다리로 모래를 가르며 성큼성큼 앞으로 나아갔다. 디오는 왼쪽으로, 엑스는 앞쪽으로 나아갔고 나와 감이는 서로를 한번 바라보고 오른쪽으로 걸어갔다.

가까스로 옥상 끝에 닿았을 때 모래로 뒤덮인 학교 건물이 보였다. 본관 옥상에 쌓인 모래가 4층 창가로 흘러내리는 모습은 마치 건물이 녹아내리는 것처럼 보였다.

엑스가 우리 쪽으로 다가와서 말했다.

"저기 이상한 게 있어. 같이 가서 봐야 할 것 같은데."

"뭔데?"

디오가 물었다. 엑스는 아무 말도 하지 않고 다시 자기가 서 있던 쪽으로 걸어갔다. 엑스를 따라 앞쪽 옥상 끝으로 다가가자 엑스가 손가락으로 어딘가를 가리켰다.

"저 건물 외벽을 봐 봐."

분홍색, 초록색 물감처럼 보이는 무언가가 형광색으로 빛나고 있었다.

"페인트 자국인가? 아니면, 설마……."

"키케이모스의 분비물이야."

디오가 대답했다. 그럼 우리 아파트 뒷마당에서 어른들이 봤다던 분비물도 정말 키케이모스의 흔적이었나?

엑스가 옆으로 멘 주머니를 뒤적이며 심각한 표정을 지었다. 주머니에서 나온 건 쌍안경이었다. 그걸로 건물 쪽을 조용히 바라보던 엑스가 입을 열었다.

"나흘 전까지만 해도 없었던 흔적이야."

"맞아. 우리가 건물 안도 뒤져 보고 바깥도 쭉 둘러봤었는데, 그땐 없었어."

디오가 걱정스러운 표정으로 말했다.

"키케이모스가 저곳을 지나간 지 얼마 되지 않은 것 같아."

"갑자기 저렇게 많은 양의 분비물이 생겼다는 건 한 마리가 아니라는 거고."

"한 마리가 아니라고?"

엑스의 말에 깜짝 놀란 내가 물었다.

"응. 키케이모스가 떼로 몰려와서 한동안 저 주변에 있었다는 건데. 거기에 키케이모스가 노릴 만한 식물이나 동물은 없었어. 다른 게 있다면……."

"뭔데, 뭔데!"

감이가 다급하게 소리쳤다.

“키케이모스의 관심을 끄는 무언가가 있었다는 거지. 예를 들면 싱그러운 생명력을 내뿜는 사람이라든가…….”

벌레는 모래 속에서

"아까 거기는 유통 단지야."

옥상에서 디오와 엑스가 발견한 건물은 동단 유통 단지의 상가 건물이었다.

"거기까지 가는 길은 알지? 큰길보다는 좁은 길로 가는 게 좋을 거야. 키케이모스가 나타나면 숨을 곳이 있을 만한."

엑스가 대답하며 망토를 펄럭였다. 저 망토는 도대체 뭘까? 얘네는 키케이모스에 대해서 어떻게 이렇게 잘 아는 거고?

"박하야, 그럼 우리 24시 불가마 사우나 있는 큰 사거리까지는 골목길로 가자."

감이가 핸드폰을 들여다보며 말했다. 나도 핸드폰을

꺼내 동네 지도를 확인했다. 인터넷이 되면 거리 뷰도 볼 수 있고, 큰 거리의 CCTV 영상도 볼 수 있을 텐데, 역시 와이파이도 데이터도 잡히지 않았다.

"그런데 말이야, 너희는 어떻게 키케이모스에 대해 그렇게 잘 아는 거야?"

나는 핸드폰을 가방에 넣으며 디오에게 물었다. 디오는 당황한 표정을 지으며 우물쭈물했다.

"곤란한 걸 물은 거야?"

"아니, 그런 건 아닌데. 너희가 우리 얘기를 듣고 믿어 줄지……."

"일단 계속 이동하면서 얘기하는 게 좋겠어."

엑스가 걸음을 재촉했다. 무언가를 더 캐묻기에는 엑스의 걸음이 너무 빨라서 쫓아가기도 바빴다. 이쪽 골목에는 작은 동네 마트가 하나 있고, 1층에 부동산이나 세탁소가 붙은 빌라 건물이 모여 있다. 조금 더 걸어가면 오래전에 지은 연립 주택이 줄줄이 이어지고, 건물 사이사이에 좁은 주차장 겸 마당이 있다.

학교가 일찍 끝나는 수요일에 그 골목을 지나가면 항상 동네 어린이들이 공을 차고 킥보드를 타느라 시끄럽고 복잡했다. 그러나 지금은 방치된 자동차와 어린이용 자전거들이 모래에 뒤덮여 스러져 가고 있었다.

예전에 이쪽으로 놀러 다닐 때는 보지 못했던 풍경도 눈에 띄었다. 연립 건물 한쪽 벽을 뒤덮은 덩굴 식물은 모래의 세계와 제법 어울려서 괜히 으스스했다. 시끌벅적한 소리가 가득하던 동네였는데, 지금은 스스슥 스스슥 모래 흐르는 소리만 들릴 뿐이었다.

"키케이모스는 우리를 따라 지구 밖에서 온 놈들이야."

갑자기 디오가 건물 하나를 바라보고 멈춰 서서 말했다.

"그게 무슨 말이야?"

앞서 걷던 엑스가 뒤돌아 디오 옆에 와서 섰다.

"너희가 키케이모스라고 부르는 생물 말이야. 그건 우리 행성에서 온 거야."

"엥? 행성?"

"우리는 다른 행성에서 온 외계인이야. 지구에 살고 있는 인간, 파보 행성에서 살았던 우리. 더 자세히 얘기해 줄 테니까 천천히 걷더라도 계속 이동은 해야 해."

"외계인……이라니? 쟤 뭐라는 거야?"

감이가 내 옆에 딱 달라붙어 귓속말로 내게 물었다.

"그러게. 무슨 소리야? 외계인?"

나는 감이에게 대답한 뒤 곧바로 디오와 엑스에게 되물었다. 하지만 두 사람은 곧장 대답해 주지 않았다.

"야, 설명해 준다며. 무슨 말이라도 좀 해 봐. 그리고 너네 너무 빠르다고."

걸음 속도를 따라가는 것도 힘든데 두 사람이 침묵으로 일관하자 나는 슬슬 화가 나기 시작했다. 결국 내가 소리를 질렀다.

"아! 진짜!"

그제야 디오와 엑스의 걸음이 조금 느려지며 우리와 속도를 맞춰 나란히 걷기 시작했다. 감이가 숨을 고르며 말했다.

"진짜 빨라. 다리 긴 거 자랑하냐. 어후, 숨차."

"마음이 급했어."

엑스가 머리를 긁적이며 대답했다.

"미안, 설명해 줄게."

우리는 부동산 세 개와 동물병원 하나를 지나 동네 버스 정류장이 있는 2차선 도로를 가로지르며 디오와 엑스의 이야기를 들었다.

"우리를 따라온 게 분명해. 지독한 놈들."

"그러니까 키케이모스가 너희랑 같은 행성에 살던 외계 생물이라는 거야?"

"이게 무슨 개똥 같은 소리야."

감이가 황당하다는 듯한 말투로 툭 던진 말에 디오가 재미있다는 듯 웃고는 입을 열었다.

"우리 행성은 모래바람이 부는 곳이야. 우린 가스 고리의 번개를 피해 이동하며 살았어. 그래서 막사 생활을 하는 거고."

"키케이모스는 우리 행성에선 '오지프'라고 불렀어. 두 쌍의 날개로 날아다니는 거대한 생물이야. 아주 고약한 가스를 내뿜고 살아 있는 건 닥치는 대로 먹어 치우는, 진짜 쓰레기 같은 것들이지."

디오와 엑스가 번갈아 가며 이야기하던 중에 디오가 손가락으로 어딘가를 가리켰다.

"저건 뭐야?"

디오가 가리킨 것은 지은 지 얼마 안 된 고층 아파트였다.

"아파트야. 사람들이 사는 곳."

"여긴 저렇게 높은 건물이 참 많더라. 신기해."

외계인들 눈에 신기한 게 고작 아파트라니 웃음이 나왔다.

"새로 지은 아파트인데, 저기 사는 사람들은 지금 어떻게 지내고 있는지 모르겠다."

아파트 베란다나 창문으로 사람이 보일까 싶어 한참 올려다봤지만, 아무것도 보이지 않았다. 폐허가 된 도시를 배경으로 하는 게임 속에 들어와 있는 것 같아서 새삼 모든 것이 낯설게 느껴졌다.

"이제 골목길은 끝이야."

감이가 걱정스러운 표정으로 말했다.

"맞아. 이 아파트 단지를 돌아서 나가면 곧장 4차선 도로가 있는 큰길이야. 무언가를 피해 숨을 만한 곳은 없는 넓은 길인데, 유통 단지로 가는 제일 빠른 길이거든. 어떡하지?"

나는 핸드폰을 꺼내 디오와 엑스에게 지도 사진을 보여 줬다.

"어쩔 수 없지. 어쨌든 최단 거리로 이동해야 하니까

그쪽으로 가 보는 수밖에."

"우유통 애들도, 다나도 잘 있는지 모르겠다. 연락도 못 하고 답답해."

"감이야, 계속 핸드폰 보고 있어. 갑자기 인터넷 잡힐 수도 있으니까. 인터넷 연결되면 일단 다나한테 연락해 보자. 지도는 내가 볼게."

큰길이 가까워질수록 심장이 쿵쿵 소리를 냈다. 디오와 엑스에게 들어야 할 말도 더 있었고, 아이들도 찾아야 했지만 키케이모스가 진짜 있다는 걸 알고 나니 겁이 났다. 무엇보다도 내 서투른 용기 때문에 모두에게 피해가 가는 건 아닐까 무서웠다.

"너무 겁내지 마. 대신 막아 줄게! 우리는 오지프가 바글바글한 곳에서도 살아남은 종족이니까."

내가 두려워하고 있다는 걸 알아채기라도 한 것처럼 엑스가 내 어깨를 툭 치며 말했다. 나는 일부러 장난스러운 말투로 엑스의 말을 받았다.

"엄청 혼란스럽긴 하다. 진짜 있는지 없는지도 모를 커다란 외계 곤충에, 너희도 외계인이라고 하니까 그냥 완전히 뒤죽박죽!"

"우리가 외계인이라는 걸 믿긴 하는 거야?"

"이 상황에 재미없는 장난을 친 거라면 진짜 한 대 때리고 싶긴 한데."

내 말에 엑스가 푭 소리를 내며 유쾌하게 웃었다.

"그런데 디오 네가 그랬잖아. 우리가 믿어 줄지 모르겠다고. 그런 말까지 들었는데, 안 믿어 줄 순 없지."

"저기!"

막 큰길로 접어들었을 때였다. 디오가 무언가를 발견한 듯 그쪽으로 달려갔다. 엑스도 디오를 빠르게 쫓아갔다. 4차선 도로에 뒤덮인 모래 위로 사람들 발자국이 흩어져 있었다. 자동차가 안 다닌 지 한참 된 모양이었다.

핸드폰을 들여다보느라 걸음이 느린 감이의 팔을 붙잡고 엑스와 디오를 향해 뛰어갔다. 둘은 화단형 중앙분리대 옆에 서서 무언가를 들여다보고 있었다. 화단의 작은 나무는 전부 말라비틀어져 있었고, 화단을 둘러싼 연석은 누가 일부러 부숴 놓은 것처럼 여기저기 깨져 있었다.

"아씨! 여기도 있어!"

엑스와 디오가 들여다보고 있는 곳에는 누런색 둥근 돌이 모여 있었다.

"이, 이게 다 뭐야?"

"키케이모스 알집이야. 여기 근처에 알둥지를 만든 것 같은데……."

"이게 키케이모스 알이란 말이야?"

"주변에 식물들이 전부 다 말라 버린 거 보여? 키케이모스가 여기를 한바탕 휩쓸고 간 거야. 생각보다 가까운 곳에 서식하고 있는 것 같아."

이게 도대체 어떻게 된 일이지? 나는 핸드폰으로 알집 사진을 찍고, 말라 버린 나무들도 찍어 두었다. 아파트로 돌아가면 어른들에게 보여 줘야 했다.

"이거 다 깨부숴야지. 이것들이 다 키케이모스가 되면 어떡해."

부서진 연석을 집어 들어서 알을 내리찍었다. 감이도 옆에 있던 굵은 나뭇가지를 주워 마구 때렸는데 알집에는 흠집 하나 나지 않았다.

"그런 걸로는 어림도 없어. 불을 질러야 해."

손이 아플 정도로 알을 두드리고 찍어 댔지만, 디오의 말대로 정말 어림도 없었다.

"꿈쩍도 안 하네. 완전히 망했다."

"뭘 해 보기도 전에 게임 오버 아니냐. 와……."

감이가 나뭇가지를 멀리 던지더니 주머니를 뒤졌다.

"뭐 찾는데?"

"라이터 있나 하고."

"라이터 하나로 되겠어? 위에 기름이라도 뿌려야 되는 거 아니냐?"

감이와 내가 가방을 뒤지며 구시렁거리는 사이 디오와 엑스는 다른 알둥지 흔적을 발견했다.

"저게 뭐야?"

알둥지 흔적을 좇아 화단을 따라가다 디오의 물음에 고개를 들어 보니, 빨간 주유기가 서 있는 사거리 주유소가 보였다.

"주유소야. 자동차에 기름을 넣는 곳인데, 지금은 아무도 없나 보다."

원래는 더 새빨간 색이었을 주유기가 모래 먼지로 흐릿하게 보였다. 주유소 가까이 다가가자 기름 냄새가 확 풍겼다. 남은 기름이 있는지 눈금을 확인해 보려고 까치발을 들었다. 하지만 주유기의 전자 숫자판이 까맣게 비어 있었다. 기름이 남아 있어도 가지고 갈 수 있는 상황은 아니었지만, 왠지 아쉬웠다. 언젠가 아파트 어른들이 기름을 찾는다면 이곳을 기억해 둬야 할 것 같아서 핸드폰을 꺼내 주유소 위치를 표시했다. 사진도 몇 장 찍었는데, 사진을 확인해 보니 꼭 영화 세트장처럼 보였다. 운석과 화산재와 지진 먼지에 뒤덮여 뼈만 남기고 사라진 거대한 공룡 같은 모습이었다.

주유기를 신기하다는 듯 관찰하고 있는 디오와 엑스를 뒤로하고 감이와 나는 사무실 쪽으로 가 봤다.

"혹시 과자 같은 게 있을지도!"

감이가 신나서 폴짝거리며 안으로 뛰어 들어갔다. 하지만 식량이나 쓸모 있는 물건들은 이미 다 털린 모양이었다.

"기대할 걸 기대해. 그런 게 있을 리가 있냐."

사무실에서 유리창 밖을 보니 주유기 네 대가 나란히 줄을 선 모습이 보였다. 차가 들어오면 바로 뛰어나갈 수 있도록 사무실 양옆으로 문이 나 있었다. 왼쪽으로 나가니 화장실과 모래가 가득 담긴 재활용 쓰레기통이 있었다.

그리고 그 옆으로 파란 음료수 자판기가 보였다.

“자판기다! 진짜 오랜만인데!”

“어디, 어디!”

내가 자판기를 향해 뛰어가자 감이가 금세 따라와서 자판기 버튼을 마구 눌러 댔다. 디오와 엑스도 가까이 와서 관심을 보였다.

“자판기가 뭐야?”

디오가 전혀 모른다는 듯이 물었다.

“돈을 넣고 번호를 누르면 내가 선택한 음료수가 나오는 거야.”

“음료수……. 마시는 거?”

“응. 지금도 나오려나?”

혹시나 하는 마음으로 사무실에 가서 계산대의 돈통을 확인해 봤다. 역시 동전 같은 건 없었다.

“어차피 불도 안 들어와. 이거 안 돼.”

감이가 큰 소리로 말하며 발로 자판기를 세게 찼다.

“야, 키케이모스가 나타나면 어쩌려고!”

내가 다시 뛰어가서 감이를 말렸지만, 감이는 계속 자판기를 발로 차며 버튼을 마구 눌러 댔다.

덜컹!

"어? 뭐 걸린 거 아니야?"

몇 번만 더 차면 음료 캔이 떨어질 것 같았다. 순간 무언가에 홀린 사람처럼 나도 자판기를 걷어찼다.

그런데 디오가 나를 말렸다.

"잠깐만. 이상한 소리가 들려."

"기계에 음료수가 걸려서 나는 소리 같아. 조금만 더 해 보면 나올지도 몰라."

그 순간 와르르하고 캔 여러 개가 떨어지는 소리가 들렸다. 디오가 눈을 동그랗게 뜨고 자판기 구멍을 들여다봤다. 감이가 손을 집어넣어 확인해 보니 음료수 캔 다섯 개가 떨어져 있었다. 내가 좋아하는 이온 음료도 있었다. 나랑 감이는 서로를 마주 보고 푸하하 웃음을 터뜨렸다. 그리고 음료수 캔을 들고 사무실로 들어가려는데, 엑스가 소리쳤다.

"오지프다!"

엑스가 나와 감이 팔을 잡아당겼다. 디오도 사색이

되어서는 벌떡 일어나 사무실을 가리켰다.

"일단 저 안으로 들어가자!"

우리는 정신없이 사무실로 들어가 양쪽 유리문을 닫았다.

"난 뭐가 있는지 보지도 못했는데?"

내가 당황한 얼굴로 엑스를 바라보자 엑스가 자판기 옆을 가리켰다. 셀프 세차장에 가득 쌓인 모래 더미 위로 커다란 벌레들이 기어 나오고 있었다. 생긴 게 꼭 개미 같았는데, 크기가 손바닥만 해서 바글거리는 모습이 끔찍했다. 순식간에 온몸에 소름이 돋았다.

"저, 저게 키케이모스란 말이야?"

"응. 정확히는 오지프 새끼야. 역시 내 생각이 맞았어. 이 근처는 오지프의 거대한 알둥지가 된 것 같아."

엑스가 어두운 표정으로 말했다.

"어떡해? 저것들이 여기로 들어오면 어떡하냐고!"

감이가 발을 동동 구르며 사무실 유리문을 안쪽으로 세게 잡아당기고 있었다.

"방금 너희가 자판기를 세게 쳤을 때 둥지에서 나온 것 같아."

"미안해……. 그런데 저런 건 정말 상상도 못 했단 말이야!"

내가 의자를 끌어당기며 옆으로 움직이자 엑스가 쉿 소리를 내며 내 팔을 잡았다.

"일단 조용히 있어 봐. 소리나 진동에 반응하는 거니까."

"그래도 저것들을 그냥 놔둬? 저것들이 자라서 어마어마한 괴물이 되는 거잖아. 아까 그 알집 두고 온 것도 마음에 걸려."

"다른 방법이 없잖아. 불로 다 태워 버리는 수밖에 없는데."

사무실 안을 둘러봤다. 죽이지는 못해도 한쪽으로 몰아서 가둬 둘 수는 있을지도 몰랐다. 반대쪽 문밖에 기름통이 나뒹굴고 있었는데, 빈 기름통도 있었지만 물인지 휘발유인지 알 수 없는 액체가 들어 있는 것도 있었다. 나는 기름통을 가리키며 감이를 불렀다.

"감이감이. 나 라이터 있는데, 저걸로 뭐 어떻게 안 되려나?"

감이는 "오!" 하고 감탄하더니 곧장 문밖에 나가 기

름통을 들고 들어왔다. 그러고는 냄새를 맡아 보더니 기름이 맞는 것 같다며 고개를 끄덕였다.

"새끼들은 공격적이지 않으니까 그냥 조용히 기다리는 게 나을 수도 있어."

디오가 말했지만 나는 당장 눈앞에 보이는 벌레들을 얼른 없애 버리고 싶었다.

"무거운 거! 돌이나…… 아, 저거! 소화기로 찍어서 터뜨려 버리면?"

"으윽. 이박하, 저건 바퀴벌레가 아니라 키케이모스잖아."

감이가 끔찍하다는 듯이 고개를 저었다.

창밖으로 보이는 키케이모스 새끼들은 자판기 주변을 맴돌고 있었다. 다행히 이쪽으로 올 것 같지는 않았지만, 처음 보는 커다란 벌레의 모습에 등에서 식은땀이 나는 것 같았다.

"박하 말도 맞긴 해. 저 새끼들이 다는 아닐 테니까."

엑스가 망토를 벗고 가방을 뒤적이며 말했다.

"그게 무슨 말이야?"

"내 추측으로는 지금 이 모래밭 아래가 전부 알둥지

인 것 같거든. 뭐…… 한번 해 볼래?"

"뭘?"

"일단 눈에 보이는 저것들이 모래 밑으로 들어가고 나면 틈을 노려서 불바다를 만들자는 거지."

엑스의 말에 나는 주변을 둘러보았다. 기름통에 있는 기름만으로 충분할지 싶었다. 그렇다고 화염병을 만들 만한 도구도 마땅치 않았다. 그때 감이가 눈을 반짝이며 말했다.

"너희가 잊고 있는 게 있는데……. 여기 주유소야. 완전 다 폭발해 버리면 어떡해?"

"말과는 달리 아주 신나 보인다, 너."

"그런 위험을 감수하고서라도 해 보는 게 짜릿한 거지."

그 말을 들은 엑스가 가방에서 무언가를 꺼내더니 벗은 망토를 나에게 둘러 주면서 말했다.

"이건 우리 종족이 입는 광이 식물 섬유로 만든 망토야. 오지프가 싫어하는 수액을 덧칠해 만든 거니까, 갑자기 새끼가 튀어나와도 너를 공격하지는 못할 거야."

"어? 그럼 너희는?"

"이 스프레이가 있지. 키케이모스한테 뿌리면 아주

기겁해. 잠깐 시간을 벌 정도는 되지. 어때, 이제 새끼들이 다 돌아간 것 같은데."

엑스가 스프레이를 흔들며 말했다. 나랑 감이는 순간 눈을 마주치고 웃었다. 감이는 기름통을 들었고, 나는 기름에 불을 옮길 만한 종이 뭉치를 움켜쥐었다. 한쪽 손에는 라이터를 들고 비장한 걸음으로 사무실에서 나서려는데 디오가 우리를 불러 세웠다.

"이게 맞는지 모르겠는데……."

디오는 감이에게 자신의 망토를 둘러 주며, 엑스처럼 양손에 스프레이를 들고 눈을 깜빡였다.

우리가 봤던 게 진짜였을까? 모든 게 영화 속 일처럼 느껴졌다. 나는 넋이 나간 채로 주변에서 들리는 작은 소리에도 흠칫흠칫 놀랐다.

"아까 제대로 불붙었는데?"

"그러니까! 완전 스릴 넘쳤어! 적어도 우리가 봤던 새끼들은 전부 불에 탔을 것 같아."

감이와 내가 흥분해서 떠드는 모습을 보며 디오와 엑스가 웃었다.

"아까는 주유소 터질까 봐 겁난다며."

디오가 놀리듯이 말하며 우리를 지나쳐 앞서 걸었다.

"그래도 모래가 많으니까 번지지는 않을지도……?"

"오늘 우리 불장난한 건 어른들한테 비밀이다, 감감."

"알았다, 박박."

핸드폰을 들여다보던 감이가 갑자기 "으악!" 소리를 질렀다.

"태주 GPS! 태주태주! 갑자기 신호 잡히는데?"

감이의 말에 고개를 들어 올려다보니 동단 스마트 유통 단지의 입구 표지판이 서 있었다.

"GPS에 태주 위치 뜬다고! 진짜 여기 있나 봐!"

감이가 제자리에서 통통 뛰면서 말했다.

"그럼 감이랑 내가 왼쪽 건물들을 찾아 볼게. 디오랑 엑스는 오른쪽 건물들을 살펴봐 줘. 우리랑 비슷한 키에 여자애들이야."

"알았어."

"어느 쪽이든 만나면 여기, 2동 건물에서 보자."

디오와 엑스가 고개를 끄덕였다. 뒤쪽 건물을 향해 뛰어가는 막사인들의 뒷모습을 가만히 바라봤다. 아이들이 입은 망토가 슈퍼맨 망토처럼 펄럭거려서 듬직하게 느껴졌다.

“란주, 태주는 여기 있을 확률이 높은데, 다나는 어디 있을까?”

감이가 계속 핸드폰을 만지며 말했다.

“애들이랑 만났을 수도 있지. 다나도 핸드폰 가져갔잖아. 분명 태주 위치를 확인했을 거야.”

대답은 그렇게 했지만, 물론 나도 걱정이 됐다. 만약 여기서 우유통 자매를 발견하지 못한다면? 우유통 자매를 찾게 된다고 해도 다나를 찾지 못한다면? 나는 문득 해뜰아파트로 당당히 돌아갈 수 없을 것 같아서 무서웠다. 어른들에게 말하지 않고 나온 건 우리 잘못이니까 아이들을 모두 찾아서 돌아가는 것만이 최선이다.

1동을 확인하고 나오면서 건물 외벽에 뿌려진 키케이모스 분비물을 자세히 보게 됐다. 젖은 풀 냄새 같은 게 났는데, 그게 분비물에서 나는 냄새인지 빈 유통 단지에서 나는 냄새인지 알 수 없었다. 가까이에서 보니 초록색 분비물이 형광펜처럼 빛나고 있었다. 외계인! 외계인이라고 했다. 정말 영화에서나 보던 외계인의 체액이라고 생각하니 속이 울렁거렸다.

"으엑! 야, 핑크색 잉크 같은 것도 있어!"

먼저 3동으로 뛰어갔던 감이의 목소리가 들렸다.

"초록색, 핑크색……. 진짜 외계인 맞나 봐! 웩이다."

"만지지는 말자. 혹시 모르니까."

"이박하, 만져 볼 생각이었어?"

"아니. 너라면 만져 볼 것도 같아서 그랬다, 왜."

티격태격하며 3동 안으로 들어갔을 때 서늘한 냉기가 느껴졌다.

"그러니까 저건 발광 물질인 건가? 밤에 반짝거리고 빛난다거나!"

감이가 바깥을 가리키며 말했다.

"아마 그런 듯? 그런데 우리 아파트 근처에서는 한 번도 못 봤어. 그치?"

그때 날갯소리가 들렸다. 헬기같이 커다란 물체가 이쪽으로 날아오는 것 같은 소리였다.

"키케이모스 아니야?"

우리는 일단 입구에서 가장 먼 안쪽으로 들어가 깊숙한 곳에 몸을 숨겼다. 그리고 작은 창문이 난 벽에 붙어서 밖을 쳐다봤다.

"저거 뭐야? 저게 키케이모스야?"

창밖으로 보이는 것은 거대한 나방이었다. 나비? 나방? 어쨌든 날개가 두 쌍이었다. 두 마리가 나란히 날아가고 있었는데, 날개 크기와 무늬가 달랐다. 그리고 무서울 정도로 커다랬다. 어림잡아도 우리 집 거실보다도 컸고, 더 끔찍한 것은 통통한 몸이었다! 촉수인지 더듬이인지 털인지 알 수 없는 길쭉한 것들이 몸통에 달려 있었다.

"저게 키케이모스……."

우리는 순식간에 말을 잃었다. 입을 막고 숨소리마저 내지 않으려고 했다. 저런 것들이 지구에 쳐들어와서 지구 식물에 기생하고 있다고? 어쩌면 이것들이 나타나 지구가 사막화된 것은 아닐까? 그래서 모래바람이 불어오고……. 온몸이 얼어붙는 듯했다.

그때 감이가 핸드폰을 꺼내 사진을 찍었다. 몇 장을 연달아 찍는 통에 "촤라라라락" 하는 소리가 크게 들렸다.

"소리가 너무 커!"

"그래도 이건 찍어 놔야 해. 아파트 사람들한테 다 보여 줘야지!"

키케이모스가 디오와 엑스가 살펴보고 있을 옆 동까지 지나가고 나서야 몸에서 힘이 빠졌다. 바닥에 털썩 주저앉았더니 감이가 방금 찍은 사진을 보여 줬다.

"토 나온다, 진짜. 이거 나방이야?"

"몰라……. 이렇게 가까이서 보게 될 줄은 몰랐어."

"우리 아파트 쪽으로도 가면 어떡하지?"

두 마리가 지나갔을 뿐이었다. 하지만 오늘 우리가 본 것은 그게 다가 아니다. 돌덩이 같은 알집과 손바닥만 한 개미…… 아니, 새끼 키케이모스 떼.

"디오랑 엑스한테 키케이모스에 대해 더 물어봐야겠어."

우리는 소리가 완전히 들리지 않을 때까지 기다리다가 5동과 7동을 마저 확인했다. 마음이 급했다. 또 어디서 날갯소리가 들릴지 모른다는 생각에 겁이 났다.

마지막으로 9동까지 확인했지만, 외출인 아이들은 없었다. 7동과 9동의 외벽에는 키케이모스의 분비물 흔적이 많지 않았다. 일단 건물 안팎의 사진을 찍었다. 디오와 엑스에게 물어보면 뭔가 알 수 있을지도 모른다고 생각했다.

아이들을 만나기로 한 2동으로 향했다. 해가 우리 머리 바로 위에 떠 있는데도 공기가 서늘하게 느껴졌다. 식은땀도 흘리고 몇 번이나 몸이 굳었다 풀렸다 해서 그런지도 몰랐다.

2동에 다가가니 안쪽에서 희미하게 여자애들 목소리가 들리는 것 같았다. 디오와 엑스가 외출인 아이들을 찾았나 싶어 반가운 마음에 건물로 뛰어 들어가며 아이들 이름을 불렀다.

"란주! 태주!"

그러자 안에서 우당탕 소리가 들리며 묵직한 물건들이 움직이는 소리가 났다. 그리고 안쪽에서 나온 건 뜻밖에도 다나였다. 감이가 나를 지나쳐 달려가 다나를 꽉 안았다.

"으씨! 너 그렇게 사라지면 어떡하냐?"

"어떻게 된 거야? 디오 만났어? 란주랑 태주는?"

"일단 안쪽으로 더 들어가자. 얼마 전까지도 날갯소리가 계속 들려서 미쳐 버리는 줄 알았단 말이야."

그제야 다나 뒤로 쭈뼛거리며 서 있는 란주와 태주가 보였다. 먼저 아이들의 몸 상태를 확인했다. 모래 먼지를 뒤집어써서 몰골이 꾀죄죄한 것을 빼고는 괜찮아 보였다.

"자! 귀엽고 부드러운 거."

내 옆에 와서 가방을 뒤적이던 감이가 태주에게 토끼 인형을 내밀며 말했다. 태주는 토끼 인형을 받아 들고는 어리둥절한 모습이었다.

"귀엽고 부드러운 걸 안고 있으면 기분이 좋아져. 너 주려고 가져온 거야."

"나 지금 손 더러운데."

태주가 토끼 인형의 귀를 만지작거리며 말했다.

"괜찮아. 맘껏 만지고 비비고 해! 그래야 덜 무섭지."

그제야 태주는 어린애 같은 표정을 지으며 토끼 손에 달린 당근을 꾹꾹 눌러 댔다. 다나가 건물 한쪽에 세워져 있던 종이 상자를 끌고 와 바닥에 깔면서 애들을 불러 앉혔다.

"일단 앉아서 얘기하자. 도대체 뭐가 어떻게 된 건지."

자리에 앉자 발바닥이 쿡쿡 쑤시는 게 느껴졌다.

"어른들은……? 아파트 난리 났지?"

다나의 물음에 안도감과 함께 화가 몰려왔다.

"알면서 그러고 사라졌다고? 진짜 골 아프다."

다나에게 한마디를 더 하려는데, 뒤에서 디오 목소리가 들렸다. 돌아보니 디오가 쭈뼛거리며 서 있었다.

"뭐 해! 너도 여기 와서 앉아. 진짜 고마워, 애들 찾아줘서."

그러나 디오는 뭔가 마음에 걸리는 사람처럼 우물쭈물하고만 있었다.

"무슨 일 있어?"

감이가 물어보자 디오는 울상이 돼서 말했다.

"엑스가 없어진 것 같아……. 엑스 소리가 들리지 않아."

외출인 아이들을 찾았더니 이번에는 엑스가 사라졌다고?

"엑스 심장 소리가 들리지 않아. 내가 잡을 수 없을 정도로 멀리 간 것 같은데……."

나는 자리에서 일어나 디오에게 다가가 물었다.

"갑자기? 여기서 어디로 갔다는 거야?"

"근처에서 키케이모스 흔적을 찾은 걸지도 몰라."

디오가 눈을 감고 숨을 크게 내쉬었다. 다시 엑스의 소리에 집중하는 것 같았다. 그러자 다나가 대신 설명해 줬다.

"걔랑 같이 온 애는 10동까지 확인해 보고 오겠다면서 나갔어. 그리고 안 돌아오고 있는 거야. 너네가 여기 오기 전부터 우리는 걔를 기다리고 있었어."

"근처에 넓은 숲이 있어?"

디오가 눈을 감은 채로 물어봤다.

"숲은 없지만, 공원은 있어. 인적이 드문 곳이긴 한데 꽤 커서 나무도 많아!"

"일단 이 근처에 있다고 해도 우리가 찾으러 가는 건 위험해. 오지프 알둥지도 가까이에 있고, 해가 지는 걸 기다려 보자. 그 전에 엑스가 돌아오면 다행이고……."

이동

“왜 이런 개똥 같은 일이 일어난 걸까?”

팔을 위로 쭉 뻗으며 스트레칭을 하다가 문득 들린 디오의 목소리에 깜짝 놀라 뒤를 돌아보았다.

“개똥? 그런 말도 알아?”

“이럴 때 쓰는 말 아니야? 감이는 그러던데…….”

“뭐, 틀린 건 아니지. 완전 똥 같은 상황이긴 하니까!”

감이가 말하고는 킥킥거렸다.

우리는 해가 완전히 지고 난 뒤에 나가기로 했다. 디오의 말에 의하면 해가 지고 기온이 떨어지기 시작하면 키케이모스는 이동을 멈춘다. 보통은 기생 나무 주변으로 돌아가 해가 뜨기 전까지 꼼짝도 않는다는 것이었다.

우리는 디오가 엑스를 찾으러 나갈 때 함께 나가 상황을 보고 해뜰아파트로 돌아가기로 했다.

해는 거의 다 저물어 가는데 밖에서 모래 돌풍 소리가 들렸다. 심지어는 땅에서 진동이 느껴지고 상가 건물의 작은 유리창이 흔들리기도 했다.

"이게 다 키케이모스 때문이란 말이지!"

"해뜰아파트는 괜찮을까?"

계속 조용히 있던 다나가 말했다.

"괜찮아야 할 텐데."

"우리보다는 괜찮지 않겠어?"

감이가 주변을 둘러보면서 말했다. 그리고 긴 한숨을 내쉬었다.

"겁나?"

"응. 진짜로."

디오의 물음에 감이가 먼저 대답했다. 나도 뒤이어 고개를 끄덕이며 "응" 하고 대답했다.

"오늘은 진짜 키케이모스를 처음 본 날이기도 하고."

잃어버렸던 친구들을 찾았지만, 어떻게 돌아가야 할지 모르겠다. 나는 정말 겁이 난다. 디오나 엑스는 외계인이라서 겁이 나지 않는 걸까?

"너는 엑스가 사라졌는데 걱정되거나 무섭지 않아?"

디오는 한동안 아무 말도 하지 않았다. 낯설고 불길한 소리가 계속 주변을 맴돌고 있었다. 키케이모스의 날갯소리인지 모래바람 소리인지는 알 수 없었다.

"키케이모스가 나타나지 않았다면 우리 모두 괜찮았을까? 그저 모래로 가득한 삭막한 지구에서 적당히 살아남을 수 있는 방법을 찾았을까?"

내 질문에 디오가 희미하게 웃었다.

"우리 종족이 지구에 오지 않았다면?"

순간 나는 어떤 반응을 해야 할지 모르겠어서 눈만 끔뻑거렸다.

"그냥 우리가 겪고 있는 이 모든 일이…… 애초에 우리가 우리 행성을 떠나지 않았다면, 지구에 오지 않았다면 어땠을까 생각하게 만들어."

"어……! 미안. 그런 뜻으로 한 말은 아니었어."

"알아. 그냥 내가 죄책감을 가지고 있을 뿐이야."

"죄책감?"

이상한 단어처럼 들렸다. 우리처럼 막사인들도 피해

자에 가깝지 않을까 생각했기 때문이었다. 그런데 죄책감이라니?

"이 행성을 망가뜨린 건 우리가 아닐까? 키케이모스가 지구에 나타나게 된 것도 우리 때문이 아닐까? 그런 생각이 들거든."

버찌 언니가 했던 말이 떠올랐다. 언니는 모래바람이 환경 오염 때문일지도 모른다고 생각했다. 그런데 거기서 오는 죄책감이 커질수록 우리가 어떻게 이런 미래를 알 수 있었겠냐는 치기 어린 마음도 커졌다고 했다.

"아직 모르는 게 많잖아. 이 우주를 생각하면 너도, 나도 우습지. 우리가 얼마나 작고 하찮은 존재인지 생각하면……."

"하지만 그런 우리가 서로를 도우면서 이렇게 살아남은 거잖아! 멋진 것들도 개발하고, 잘못한 일에 책임도 지고!"

말을 할수록 축 처지는 디오의 어깨를 보고 싶지 않았다. 그리고 마냥 우리가 잘못했다고 인정하기에는 나는 아무것도 모르는 나이라고 빼기고 싶었다.

"그런 마음도 들긴 하지."

그제야 디오는 웃어 보였다.

"으아아아악!"

"엄마야아아!"

갑자기 밖에서 아이들의 비명 소리가 들렸다. 나를 포함해 주변에 있던 모두가 우르르 밖으로 달려 나갔더니 란주와 태주가 1동 건물 앞에 고꾸라져 있었다. 아이들 앞에는 거구의 사람 형체가 보였다. 아이들을 구하러 가까이 다가가서야 뭔가 잘못되었다는 것을 알았다.

2미터는 되어 보이는 거대한 키에 길쭉하고 하얀 얼굴, 커다란 귀와 덜렁거릴 정도로 넓적한 귓불, 목 주변에 돋아 있는 가시 같은 기관까지! 그림으로 그리라고 해도 어려울 것 같은 모습이었다.

"시오!"

그런데 그런 이상한 생물에게 디오가 달려가 안겼다.

"디오! 너 진짜!"

나, 다나, 감이는 얼빠진 얼굴이 되어서 겨우 란주와 태주를 일으켜 세웠다. 그러니까 지금 이 상황은…… 또 다른 외계인의 출현! 뭐 그런 거지?

"너희 뭐 하러 밖에 나왔어. 해가 지는 걸 기다리기로 했잖아."

다나가 우유통 자매를 다그쳤다.

"그게……. 언니들도 저 오빠들도 우리 찾으러 나왔다가 이렇게 된 거잖아."

"엑스, 엑스 찾으러 나왔다가……."

우유통 자매는 울먹이며 겨우겨우 말을 이어 나갔다.

디오를 안아 주고 있는 커다란 생명체의 표정은 따뜻해 보였다. 그러니까 저건 디오가 아는 외계인인 건가? 그제야 디오를 껴안은 팔이 보였는데, 팔꿈치에 칼같이 날카로운 것이 솟아 있었다.

디오와 그 외계인이 다가와 인사했다.

"우리 누나 시오야. 나랑 엑스를 찾으러 나왔대. 얘네가 시오를 보고 놀라서 소리 지른 건가 봐."

"와, 대박. 진짜 외계인처럼 생겼어."

감이가 눈을 동그랗게 뜨고 시오를 훑어보며 중얼거렸다.

"이 주변에서 우리 종족의 심장 소리가 들려서 말이야. 디오나 엑스겠거니 하고 왔는데, 이 아이들이 먼저 나를 발견해 버린 거지."

시오의 목소리는 생각보다 평범했다. 굳이 비슷한 사람을 찾자면 학교의 키 큰 체육 선생님 목소리와 비슷했다. 낮고 깊으면서도 부드러운 여자 어른의 목소리.

"심장 소리?"

"시오는 성체라서 모든 기관이 발달했거든. 이 커다란 귀로 온갖 소리를 들을 수 있어. 우리 종족의 심장 소리도 들을 수 있고, 멀리 있는 키케이모스나 구름이 움직이는 소리도 들을 수 있어!"

디오가 신이 나서 누나를 자랑하는 모습이 귀엽게 느껴졌지만, 시오의 모습은 여전히 조금 무서웠다.

"인간 아이들이구나."

"응. 아이들을 구하러 나왔다가 키케이모스 흔적을 발견했어. 그리고……."

"엑스를 잃어버렸어. 해가 지면 같이 찾으러 나가려고 했고."

겁을 먹은 감이와 경계심이 풀리지 않은 다나 대신에 내가 대답했다.

"이 주변 모래밭은 전부 오지프 둥지가 된 것 같아."

"말도 안 돼! 그럼 그것들이 전부 키케이모스가 된다

는 거예요?"

내가 시오에게 바짝 다가가 물었다. 가까이에서 올려다본 시오의 모습은 조금 더 위압감이 느껴졌다.

"대신 우리 행성만큼 적응하지는 못한 것 같아. 부화하지 못한 채로 죽은 개체들도 많은 것 같거든. 살아 있는 새끼들 소리는 거의 못 들었어."

"다행인 건가, 불행인 건가."

다나가 중얼거리자 감이가 풀이 죽은 목소리로 말했다.

"진짜 지구 다 망했네……."

"그런데 이 주변에서 너희 소리 말고도 다른 소리가 들렸는데."

"엑스 아닐까?"

내가 말하자 시오가 물었다.

"둥지로 의심되는 곳이 있어?"

"응! 공원!"

태주와 란주, 그리고 감이는 상가에서 짐을 지키며 기다리기로 했다. 다나랑 내가 앞서서 동단공원 쪽으로 향했는데, 해가 거의 저문 데다가 주변에 불이 켜진 곳이 없어서 앞이 잘 보이지 않았다. 시오는 계속해서 주변 소리에 민감하게 반응하는 것 같았다.

"이박하, 발 빠지지 않게 조심해서 걸어라."

다나가 무관심한 말투로 말했다.

"좀 다정하게 말해 주지. 넌 꼭 사람 혼내듯이 말하더라."

공원 맞은편에 서서 손전등을 켰더니 말라 가는 나무들이 보였다.

"엑스 심장 소리가 맞는 것 같네. 어디 아래 갇혀 있는 것 같은데?"

시오는 공원 안쪽으로 곧장 걸어 들어가더니 멈춰서 땅에 귀를 갖다 대고 땅속 소리를 들었다. 우리가 가까이 다가가자 우리를 뒤로 물리더니 이 주변 땅은 푹 꺼질 수 있다고 주의를 줬다.

모래바람이 위잉거리는 소리만 들릴 뿐이었고 앞은 컴컴했다. 갑자기 낮에 봤던 키케이모스가 날아가는 모습이 떠올라서 소름이 돋았다.

"알둥지가 모여 있는 곳에는 모래 함정이 생기기 좋지."

모래 함정이라는 건 우리가 모래 벙커라고 부르는 걸 말하는 건가? 모래 벙커는 쌓여 있는 큰 물건이나 건물

잔재, 담벼락 등의 주변에 모래가 빠르게 쌓여 완만한 경사를 만들면서 생기는 구멍이다. 설산의 나무 우물처럼 겉으론 티가 나지 않아서 한쪽 발이라도 빠지는 날엔 그대로 몸 전체가 쑥 빨려 들어가는 깊은 함정 같은 것 말이다.

시오가 발을 몇 번 쿵쿵거리다가 팔꿈치에 달린 뾰족한 칼 같은 기관으로 한쪽 모래 더미를 푹 찍었다. 순식간에 주변 모래가 와르르 무너지며 깊은 구멍이 생겼다.

"헉!"

"야! 이렇게 큰 구멍이면 빠져 죽겠는데?"

다나와 내가 놀라서 호들갑을 떠는 사이 디오가 구멍 쪽으로 다가갔다.

"엑스다! 엑스!"

디오 뒤로 다가가서 구멍을 들여다봤더니 모래에 파묻힌 엑스가 보였다. 엑스는 망토를 뒤집어쓰고 간신히 버티고 있었다. 디오와 시오가 엑스를 꺼내 올리자 큰 구덩이 바닥에 널려 있는 깨진 알껍데기가 보였다.

"알둥지였던 곳이네."

"여기…… 다 불태워야 해. 전부 다."

시오의 말에 엑스가 지친 얼굴로 말했다.

"이 안에 갇혀 있는 동안……."

엑스가 헉헉거리며 숨을 골랐다.

"진짜 무서웠던 건 내가 여기서 빠져나가지 못하는 게 아니었어."

"그럼?"

"알 속에 들어 있는 새끼들이 알을 긁는 소리였어."

순간 주유소에서 봤던 키케이모스 새끼들이 땅속에서 우글우글 기어 나오는 풍경이 상상되면서 온몸에 소름이 쫙 돋았다.

"으아아악! 주유소에서 본 새끼들! 그, 그거?"

내가 소름 돋은 팔을 슥슥 쓸어내리며 소리를 지르자 다나가 그런 걸 봤냐며 심각한 얼굴로 물었다.

"응응. 아까 너희 찾으러 오는 길에 새끼 키케이모스를 봤어. 걔네는 죽이는 방법이 따로 없대. 다 태워 버려야 한대."

"그런데 진짜 위험한 건 여기야."

"곧 끔찍한 곤충들이 바글거리겠지."

시오가 목에 돋은 가시를 바짝 세우며 말했다.

"……어른들을 데리고 와서라도 여길 다 불태워야겠어."

다시 상가 건물로 돌아가면서 생각했다.

'이 사실을 알리기 위해서라도 우리는 무사히 집으로 돌아가야 해.'

집으로 돌아가기 위해 다시 길을 나섰을 때는 깜깜한 새벽이었다. 손목시계를 봤더니 바늘은 5시를 향해 달려가고 있었다.

"정신 차려. 넘어진다."

멍하니 길을 걷다가 모래에 발이 푹 빠져 넘어질 뻔했는데 다나가 내 팔을 잡았다. 모래가 갑자기 깊어지고 있었다. 사람들이 떠난 주택가였고, 좀비 영화에서나 봤던 풍경이 암흑 속에서 드문드문 보였다. 부일동에 있는 구립 도서관을 지나 큰 사거리에 도착했을 때는 하늘이 조금 밝아진 것 같았다. 해가 뜨는 속도가 이렇게 빨랐나 싶어 주변을 살폈다.

"천둥소리인가? 갑자기 비 오는 거 아니야?"

우르릉 하고 하늘이 울리는 소리가 들렸다.

"비보다는 모래바람인 게 더 위험하지. 키케이모스면 큰일이고."

다나가 하늘을 올려다보며 말했다.

"근처에 대피할 곳이 있는지 찾아 보자. 키케이모스가 공격할 수 없는 큰 건물 같은 거."

디오가 우리에게 말했고, 시오는 다시 소리에 집중하는 것처럼 보였다.

"저 학원 건물은 어때? 저거."

내가 빈 학원 건물을 가리키자 디오가 고개를 끄덕였다. 그 학원 건물은 고등학생 오빠들이 알집을 봤다고 소문이 났던 곳이었다. 우리는 다닥다닥 붙어 걸으며 주변을 살폈다. 과연 바람이 세게 불어오기 시작했다. 큰 건물들 사이에서 부는 빌딩풍처럼 골목을 꽉 메우는 바람이었다. 외출인들은 고글을 꺼내 쓰고, 목에 두르고 있던 천을 위로 올려 입을 가렸다. 막사인들은 센 바람에도 별다른 대처를 하지 않고, 오히려 눈을 크게 뜨고 주변을 열심히 둘러보았다.

모래 더미가 덮치지는 않았다. 하지만 바람이 너무 세서 주변 모래들이 흩어져 휘날렸고, 몸 구석구석으로

까끌까끌한 모래가 파고들었다. 멀리 내다보니 손바닥만 한 작은 소용돌이가 곳곳에서 윙윙 돌고 있었다.

시오는 엑스를 찾을 때처럼 소리에 집중하고 있었다. 하얀 얼굴에 커다란 키, 목에 돋은 날카로운 가시들, 가늘게 뜬 눈과 알 수 없는 기운까지 더해져 시오는 영화 〈아바타〉의 나비족이나 마블 코믹스의 마법사 닥터 스트레인지처럼 보였다. 순간 입 밖으로 "아, 외계인이었지?" 하는 말이 튀어나올 뻔했다. 그때 시오가 당황한 듯 눈을 다 뜨지 못한 채로 우리를 보며 말했다.

"이 시간대에 활동할 리가 없는데!"

"왜? 키케이모스야?"

"저기! 불빛!"

감이가 소리를 지르며 가리킨 쪽을 바라보자 곳곳에서 번개가 치듯 번쩍거리고 있었다.

"모래 때문에 생긴 정전기 불빛 아니야?"

"아니야, 저건 오지프 떼야!"

우리는 디오를 따라 학원 건물을 향해 뛰었다. 이쪽 길로는 한동안 학원 건물들이 쭉 이어져 있고, 운이 좋게 열린 문 하나만 발견한다면 키케이모스를 피할 수 있을 것이다.

순간 시오가 엄청난 속도로 달려가 학원 건물의 문을 뜯어 버렸다. 마치 소리에 집중하는 기능이 꺼지고 괴력 기능이 켜진 로봇처럼.

우리가 건물로 들어가자마자 키케이모스 떼가 근처를 지나가는지 요란한 소리가 들렸다. 그 소리는 사방에서 들렸는데, 먹구름이 우르릉 울리는 소리, 쌓아 둔 상자가 와르르 쏟아지는 소리, 그리고 유리창이 깨질 듯 흔들리는 소리였다. 그리고 순간 온 세상의 불이 다 사라진 것처럼 바깥이 깜깜해졌다.

"진짜 키케이모스야? 너무 어두워서 안 보여!"

"벌써 새끼들이 1차 변태를 거친 건가."

내가 기겁하며 소리를 지르자 디오가 조용히 중얼거렸다.

"이대로 한동안 이 근처에 있게 된다면 문제긴 한데. 어떡하지, 시오?"

엑스가 시오에게 물었다. 시오는 어느새 아까처럼 차분한 모습으로 돌아와 있었다.

우리는 건물의 중앙 현관을 통해 들어왔는데, 시오가

뜯어 버린 유리문 틈으로 보이는 것은 없었다. 하지만 바깥이 너무 어두워 아무것도 보이지 않을 뿐, 진짜 아무것도 없는지는 알 수 없었다.

키케이모스가 한 마리도 아니고, 두 마리도 아니고 떼로 움직인다니! 낮에 감이랑 유통 단지에서 봤던 거대한 키케이모스가 떠올랐다. 심장이 터질 것 같이 쿵쾅거렸다.

그때 어딘가의 틈으로 바람이 쉭쉭 빠져나가는 듯한 소리가 들렸다.

“이게 무슨 소리야? 바람 새는 소리 같은 거 들리지 않아?”

내가 물었더니 시오가 고개를 저으면서 대답했다.

“건물에 키케이모스가 앉은 것 같아. 이렇게 어두운 것도 키케이모스 때문일 거야. 창문을 다 가려 버렸어.”

“그럼 여기에 있는 것도 위험한 거 아니야?”

“맞아. 아마 곧…….”

갑자기 눈앞이 뿌옇게 되는 느낌이 들더니 고약한 냄새가 퍼졌다. 막사인들은 그럴 줄 알았다는 듯이 중얼거리며 주변 물건들을 뒤졌다.

"이게 무슨 냄새야! 으윽."

외출인 친구들은 냄새를 버티기 어려운지 입과 코를 막고 쓰러져 괴로워했다. 디오가 설명했다.

"여러 마리가 건물을 뒤덮은 거야. 이동 중에 날개를 쉬기 위해 내려앉은 것 같은데, 으에엑! 이놈들한테서는 항상 이렇게 고약한 냄새가 나."

"진짜 웩이야. 토할 것 같아."

"우리처럼 적응하기 전에는 가스 때문에 어지러울 수도 있어. 어차피 당장 할 수 있는 건 없으니까 최대한 숨을 천천히 쉬면서 버텨야 해."

"하지만 괴물, 저 괴물들이 언제까지 여기 있을지 모르잖아!"

감이가 괴로워하면서 말했다.

"맞아. 언제 여길 뜰지 모르는데 이렇게 버티라고?"

"우리는 너희 같은 외계인이 아니라서 불가능해. 이대로는 쓰러지겠어!"

이미 바닥에 쓰러지다시피 주저앉은 태주와 란주의 모습이 보였다. 엑스가 자신의 망토를 풀어 아이들 위로 덮어 주었다. 그리고 망토의 세 모서리 부분을 잡아당기자 망토가 텐트 같은 모양으로 봉긋 솟아올랐다.

"이 안에서 한두 시간 정도는 버틸 수 있어. 그 이상은 우리도 힘들어질 거야."

"그럼 뭐라도 해 보자. 그거 있잖아, 웩."

"뭐?"

눈이 따가워서 눈물이 줄줄 흐르기 시작했다. 앞이 잘 보이지 않는 상태로 팔을 뻗은 채 주변을 더듬어 창문을 찾았다. 창문을 열면 그 가스가 더 들어올 테고, 창문을 닫으면……. 하지만 창문을 이용해서 벌레들을 공격할 수 있을지도 모른다!

"너희가 가지고 있는 스프레이 있잖아. 창밖으로 그걸 뿌려서 쫓아 버릴 순 없나?"

"스프레이는 휴대용이라 양이 너무 적어."

"아까처럼 불을 만드는 건 어때?"

감이가 콧물까지 질질 흘리며 다가왔다.

"주유소에서 기름 붓고, 불 던졌잖아! 그렇게 말이야."

"불이 제일 좋긴 해."

"스프레이! 스프레이에도 가스가 들어 있을 텐데?"

디오가 가방에서 스프레이를 꺼내는 걸 본 감이가 흥

분해서 소리를 질렀다. 하지만 순간적으로 불을 만들어 쏘기에는 우리가 가진 건 작은 라이터 몇 개가 전부였고, 어둠 속에서 민첩하게 움직이기는 어려웠다.

감이가 눈물을 닦으며 가방에서 손전등을 꺼내 앞을 비춰 줬다.

“일단 이 건물 안에서 쓸 수 있는 걸 찾자. 스프레이나 글쎄, 뾰족한 것도 좋을 것 같고.”

“우리는 수액 스프레이가 최선이야. 작은 칼도 있지만, 이런 걸로는 다리 한쪽 잘라 내기도 어려울 거고.”

엑스가 허리춤에서 꺼낸 칼은 우리가 가지고 있는 잭나이프보다 조금 더 컸다.

“하지만 아무것도 안 할 수는 없어.”

“나도 박하 말에 동의해. 저것들이 얼마나 여기에 있을지 모르니까 먼저 공격하는 게 좋겠어.”

디오의 말에 시오도 고개를 끄덕였다.

“시오는? 혹시 활 챙겨 왔어?”

“응. 화살촉에 수액도 제대로 발라 놨지.”

시오가 목 주변 가시를 위로 세우며 눈을 번쩍였다. 그러고는 순식간에 우리가 있는 건물 복도를 한번 쭉 달려갔다 돌아왔다.

"일자로 쭉 뻗은 길에 한쪽으로 창문이 나 있어. 같은 간격으로 떨어져서 한 번에 공격하자. 각자 무기는 챙겼어?"

"무기라고 하긴 좀 그렇지만……."

감이와 다나는 복도에 있던 커다란 소화기를 챙겨 들었다. 그 모습을 보니 건물 내부에 설치되어 있을 소화전이 떠올랐다. 이렇게 넓은 건물이라면 압력 펌프가 결합되어 거센 물줄기가 뿜어져 나오는 소화전이 있을 게 분명했다.

"엄청나게 센 물줄기는 어때?"

내가 소화전을 열어 노즐과 긴 호스를 꺼내 보였다.

디오와 엑스는 서로를 쳐다보며 어리둥절한 표정을 지었고, 시오는 다가와서 호스를 직접 만져 보더니 고개를 끄덕였다.

"일단 충격을 줄 수 있을 정도의 세기라면 나쁘지 않을 것 같은데? 저것들을 죽이는 게 아니라 건물에서 떼어 내는 게 목표니까."

먼저 디오와 엑스, 그리고 내가 중앙 현관부터 오른

쪽 복도까지를 맡기로 했다. 나는 소화전에서 호스를 전부 꺼내 길게 펴 두고 자리를 잡았고, 내 양옆으로 디오와 엑스가 창문 가까이에 붙어 스프레이를 분사할 준비를 하고 있었다.

한쪽 유리문이 빠져 있는 중앙 현관에는 활을 가지고 있는 시오가, 왼쪽 복도에는 감이와 다나가 자리를 잡았다. 시오가 중앙에서 큰 소리로 '셋, 둘, 하나'를 외치면 동시에 창문에 붙어 있는 키케이모스 다리를 공격하기로 했다.

그때 태주와 란주가 엑스의 망토 속에서 나왔다.

"언니, 잠깐만! 우리도 같이 할게!"

란주는 감이 쪽으로 달려가서 소화전을 열고, 감이와 함께 호스를 잡았다. 태주는 감이가 내려놓았던 소화기를 들고 시오 옆으로 갔다. 그리고 비장하게 꺼내 든 건 장난감 총이었다.

"안에 BB탄도 들어 있어! 수정탄도 있고!"

키케이모스의 독가스에 눈이 퉁퉁 부어 버린 데다가 콧물까지 흘리면서도 의연하려고 하는 태주의 모습이 웃기고 귀여웠다. 웃음이 나오는 것을 참지 못하고 나는 푸하하 소리 내 웃으며 태주에게 오케이 사인을 보냈다.

"그럼 지금 바로 간다! 준비!"

시오의 목소리가 우렁차게 건물 안을 울렸다. 우리는 이대로 여기 갇혀서 기절하거나 죽지 않을 거야. 모두 해뜰아파트로 무사히 돌아갈 거라고!

"셋!"

우리는 우연히 만나서, 갑작스러운 이 세계를 이해하고 있어. 아직 너희가 우리 지구를 다 먹어 치우게 놔둘 순 없어. 우린 집으로 돌아가야 해.

"둘!"

복도에 쭉 서서 창문을 향해 팔을 뻗고 있는 우리 모습이 한눈에 들어왔다. 망토를 두른 막사인들, 그리고 고글과 스카프를 두른 외출인은 같은 곳을 향해 팔을 뻗고 있다.

"하나! 공격!"

우리가 들고 있는 무기라는 것들이 하찮아 보였지만, 실제로는 전혀 그렇지 않았다. 물탱크나 배관이 모래로 막혀서 물이 안 나오면 어떡하나 했는데, 다행히 소화전 밸브를 열자 쿠궁쿠궁 소리가 들리더니 엄청난 수압의 물이 쏟아져 나왔다. 더 이상 쏠 게 남아 있지 않을 때까지 기합을 넣어 키케이모스 다리를 겨눴다. 곧 엄청난 바람 소리와 함께 주변이 조금씩 밝아졌다.

"한 마리는 이 건물에서 완전히 떨어져 나갔어!"

시오의 목소리는 마이크에 대고 말하는 것처럼 크고 선명하게 들렸다. 키케이모스의 날갯소리나 소화전의 물대포 소리를 뚫고도 들렸는데, 그 말에서 마법사의 주문 같은 힘이 느껴졌다.

"역시!"

키케이모스가 완전히 떨어져 나가고 있었다. 하늘이 울리는 듯한 소리가 들리더니 날갯소리가 점점 멀어졌다. 창문으로 들어오던 고약한 냄새와 모래가 사라지면서 주변이 밝아졌다. 창밖으로 동이 트고 있었다. 우리는 아침 햇빛을 보자마자 약속이라도 한 것처럼 동시에 쓰러져 누웠다.

"와! 팔 떨어져 나가는 줄!"

감이가 시원하게 내지르는 소리에 웃음이 터져 나왔다. 모두 숨이 찬 듯 헉헉거리면서도 시원하게 웃을 수 있었다. 함께 맞선다면 키케이모스도 충분히 이길 수 있다는 걸 알고 나니, 그 끔찍한 키케이모스의 날개 무늬도 별것 아닌 것처럼 느껴졌다.

갑자기 엉엉 우는 소리에 놀라 자리에서 벌떡 일어났다. 태주가 시오 품에 안겨서 울고 있었다.

"긴장이 풀렸나 봐."

"무서웠을 법도 하지."

다시 고요한 모래 세상이었다.

우유통 자매를 찾으러 다나가 밖으로 나왔고, 외출인들을 지키기 위해 다시 감이와 내가 여기까지 왔다. 여기까지 오면서 우리처럼 짝을 지어 다니는 막사인들, 아니 외계인들도 만났다. 그리고 우리는 누가 인간이고 외계인이고 생각할 새도 없이 키케이모스에 맞서 하나의 몸처럼 움직였다.

그러니까…… 그러니까 이거다! 막사인들과 아파트 사람들이 짝을 지어 살면 어떨까? 우리에게는 해뜰아파트의 빈집과 생존을 위한 장비들이 있다. 막사인들에게는 키케이모스에 맞서 모래 세상에서 살아남을 수 있는 지혜와 정보가 있다. 내가 외출해서 물건을 구해 오는 동안 버찌 언니가 내 동생을 돌봐 주듯이, 우리가 자판기 음료수를 꺼내 주고, 엑스가 아이들에게 광이 망토를 내주었듯이. 우리가 계속해서 서로 가진 것을 내주고 배우며 함께 살면 분명 더 나은 생활을 할 수 있을 것이다.

"이 세계에 계속해서 해가 뜨는 이상 우리도 계속 살아갈 거야."

아파트에 도착하면 반상회를 열어 주민들에게 키케이모스의 정체를 보여 주고, 막사인의 존재를 알려야겠다는 생각이 들었다. 가슴이 기분 좋게 뛰기 시작했다.

해뜰아파트

우리는 모래에 파묻히지 않고 무사히 아파트로 돌아왔다. 다섯 명 모두 다친 곳 없이 말이다. 평소보다 조금 더 지저분한 모습을 하고 숨을 헐떡이며 아파트 입구에 도착했을 때 우리를 발견한 여운 오빠의 표정이 선명하게 보였다. 아파트의 유일한 출입구를 열고 뛰쳐나오는 여운 오빠를 보고 엉엉 울어 버린 게 부끄럽지 않았다.

"모두 무사히 돌아왔구나!"

우기 관장님이 내 등을 퍽퍽 치며 말했다. 관장님이 나를 자랑스러워하고 있다는 게 느껴져서 코끝이 찡해졌다. 다나는 어느새 엄마 아빠 품에 안겨서 자그마한 소녀가 되어 있었다. 란주와 태주는 쭈뼛거리며 어른들

눈치를 보고 있었고, 나는 그제야 아이들이 아빠를 찾으러 나갔었다는 것을 기억해 냈다.

아이들의 손을 잡고 말했다.

"우유통 자매! 무사히 돌아왔으니 그동안 집은 괜찮았는지 확인해 볼까?"

그제야 태주는 작게 웃어 보이며 "10층까지 누가 먼저 올라가나 내기하자!" 하고는 계단을 향해 통통 뛰어갔다. 나도 빨리 할머니와 윤하가 보고 싶었다.

10층 우유통 자매 집은 그대로였다. 아이들은 안도하는 것 같으면서도 아빠가 없는 빈집에 풀이 죽은 모습이었다.

"이건가 봐, 박하 언니! 태빈 오빠가 만들었다는 무전기."

란주가 식탁 의자에 가방을 내려놓으면서 말했다. 아까 여운 오빠가 가지고 있던 무전기를 보고 뭔지 물어봤더니 태빈 오빠가 모든 집에 나눠 준 무전기라고 했다. 아파트 안에서라도 주민들끼리 바로바로 연락하기 위해 만든 것이라고 했다. 나는 무전기를 집어 들어 버튼을 누르고 말했다.

"박하입니다. 우유통 자매 집에는 이상 없습니다. 아

이들과 저희 집으로 갈게요."

"확인. 무사히 돌아온 것을 환영한다!"

태빈 오빠가 만든 무전기는 생각보다 소리가 잘 들려서 신기했다.

10층부터 5층까지 쉬지 않고 뛰어 내려가 우리 집 문을 벌컥 열었다. 집 안에는 아무도 없었다. 순간 가슴이 철렁하고 떨어지는 느낌이었다. 맞다. 버찌 언니네다!

"할머니!"

큰 소리로 할머니를 부르며 버찌 언니네 집으로 뛰어 들어갔다. 할머니가 그릇에 아이들 밥을 나눠 담고 있다가 곧장 나에게 달려왔다. 그러고는 나를 꽉 안고 아무 말도 하지 않았다. 할머니 품에서 나는 냄새가 너무 좋아서 그대로 코를 박고 한참을 안겨 있었다. 버찌 언니나 란주, 태주가 보고 놀린다고 해도 상관없었다. 옆에서 윤하가 나를 주먹으로 퍽퍽 치며 우는 통에 할머니와 금세 떨어져야 했지만 말이다.

나는 윤하를 안고 토닥였다.

"누나가 없어진 줄 알았어."

윤하가 울면서 하는 말이 가슴을 후벼팠다. 돌아오지

못한 할아버지를 떠올리며 '누나도 계속 집에 오지 않는 걸까?' 생각했던 게 분명했다. 괜찮다는 말을 계속 반복하면서 토닥였더니 윤하는 금세 아기가 되어서 내 품에서 떨어지지 않으려고 했다.

"너희 또 그렇게 갑자기 사라질 거야? 그럼 안 돼!"

버찌 언니가 내 등을 퍽 치며 말했다. 버찌 언니가 란주와 태주를 째려보는 게 보여서 풋 하고 웃음이 터져 나왔다. 버찌 언니에게 할 말이 너무 많았다. 언니와 눈이 마주쳤는데 언니도 나에게 할 말이 무척 많아 보였다.

좁은 집에 할머니, 버찌 언니, 유치원생 아이들과 나, 우유통 자매까지 북적북적 모여 앉았다. 시끌시끌한 아이들 소리가 듣기 좋았다. 큰 숨을 들이마셨다. 버찌 언니네 집에서 나는 냄새가 평화롭게 느껴졌다. 그제야 심장 박동이 느려졌고, 괜히 코끝이 찡해졌다. 이곳에 돌아오고 싶었다. 안전하고 따뜻하고 사랑스러운 곳.

긴장이 풀리자 다리가 아프기 시작했다. 다리를 통통 두드리면서 부모님과 함께 있을 다나와 감이를 떠올렸다. 다나는 우리보다 먼저 나가서 혼자 애들을 찾으러 돌아다녔으니 훨씬 피곤하겠지. 집으로 돌아오는 길에 다나가 했던 말이 자꾸 떠올랐다.

"가끔은 일이 우리가 원하는 대로 풀리겠지. 이런 세상에서도 살아남을 사람들은 실낱같은 희망을 가지고 살 거야."

나는 그게 곧 인류가 멸망하고 지구도 사라질 것이라는 말처럼 들렸다. 이 세상이 다나를 그렇게 만들어 버린 걸까? 키케이모스를 사냥하거나 피할 우리만의 방법을 찾을 수는 없을까? 이상과 현실은 다르다는 걸 알지만, 모래바람이 부는 세계에서도 인간의 방식으로 살아갈 수 있었으면 좋겠다.

집에 돌아왔을 때 나를 안아 준 할머니의 품, 할머니 품에서 나는 냄새를 떠올렸다. 미래에도 계속 그런 따뜻한 것들이 남아 있었으면 좋겠다. 아이들이 모여 노는 소리, 학교 체육관, 맛있는 과일 통조림, 막사인 친구들과 외출인 친구들처럼 따뜻하고 좋은 것들 말이다.

란주와 태주는 할머니가 해 준 밥을 다 먹자마자 10층

집에 올라가겠다고 했다. 하지만 버찌 언니가 아이들에게 방을 내주며 한숨 자고 가라고 했다. 아무리 따뜻한 밥을 먹어도 빈집은 춥고 쓸쓸해서 허해지기 마련이라고. 아이들은 배시시 웃으며 이불에 들어가 속닥거리더니 금세 잠들었다. 유치원생들도 하나둘 잠이 들었다. 윤하도 할머니 옆에 꼭 붙어 자고 있었다.

나는 언니와 함께 할아버지 방으로 자리를 옮겼다. 언니는 그동안 아파트에서 있었던 일들을 얘기해 줬다.

"여운 오빠가 꽤 괜찮은 안테나를 만들었어."

"인터넷이 되는 거야?"

"불안정하긴 한데, 아주 안 되는 건 아니라서 안심이야."

"다행이다."

"그래서 이제 화해한 거야?"

"어? 뭐가?"

"다나랑 화해했냐고. 이번에 다나 찾으러 나갈 때 핸드폰도 들고 갔던데? 내가 이미 뒤져 봤지, 외출인 아지트의 '금지' 상자!"

"화해하고 말고가 어딨어. 그냥……."

문득 내가 고집부렸던 것들이 무의미하고 하찮은 것이었다는 생각이 들어 부끄러워졌다.

"내가 고집불통이었던 건 알겠어. 인정."

"그거면 됐지. 누구나 그런 게 있기 마련이야. 아! 어제 태빈 오빠도 없어져서 진짜 아파트가 완전 장례식장 같았어. 애들이 줄줄이 사라지고 있는데 이게 다 누구 때문이다, 어쩐다 하면서 어른들이 싸우기도 하고, 어휴."

"태빈 오빠는 왜?"

"금방 돌아오긴 했는데, 한 시간 정도? 사라져 가지고."

"엥? 한 시간 동안 어디 가 있었는데?"

"오빠네 철물점. 무전기 가지러 갔었대."

"무전기 아까 란주네서 써 봤는데 진짜 잘 들리더라."

"그건 그런데. 말도 안 하고 외출한 건 잘못한 거지. 너네도 줄줄이 사라져서 안 들어오지, 갑자기 8층 슈퍼 할머니는 자리에서 못 일어나신다지……. 난리도 아니었어."

"미안해."

"그런데 알지? 때로는 그런 무모한 결정도 필요한

거. 결과적으로 모두 무사히 돌아왔잖아. 태빈 오빠가 가져온 무전기도 잘 쓰고 있고."

버찌 언니가 별일 아니라는 듯 편안한 표정으로 말했다.

남자애들은 천막을 손보거나 집집마다 돌아다니며 청소를 하고, 주민들의 수요 조사를 하는 등 각자 할 일을 하고 있던 모양이었다. 여운 오빠, 태빈 오빠가 주축이 되어서 컴퓨터나 기계 고치는 법을 가르쳐 주기도 한다고 했다. 버찌 언니는 국어와 수학 공부 시간을 만들까 고민 중이라며, 앞으로는 우리도 같이 공부를 해야 한다고 했다.

할아버지와 아저씨들은 여전히 1층과 2층에서 무언가를 만들고 있었다. 외출할 때 쓸 수 있는 걸 만든다는 걸 보니 리어카처럼 짐을 실을 수 있는 게 아닐까? 자동차를 손보고 있는지도 모른다. 디오네 막사로 가는 길에 봤던 주유소가 생각났다. 하지만 리어카든 자동차든 모래 위를 구를 수 있나? 생각이 거기까지 도달했을 때 버찌 언니가 볼을 콕 찔렀다.

"또 무슨 생각해."

언니는 CCTV 캡처 사진을 보고 있었다.

"우리 이런 세상에서도 살아남을 수 있을까?"

언니가 태블릿에서 눈을 떼고 나에게 눈을 돌렸다.

"이번 외출에서 보고 싶지 않은 걸 보고 온 거지?"

"키케이모스 말이야. 엄청 컸어. 알도 낳고, 나무는 다 먹어 치워! 소름 끼치는 놈들이야!"

"너답지 않게 위축됐네."

"나답지 않게?"

더 이상 어떤 말을 해야 할지 모르겠어서 괜히 두리번거렸다. 모래바람을 막기 위해 창문을 열지 않는다는 것 외에 언니의 방은 그날이 오기 전과 달라진 게 없다. 가구 배치가 바뀐 것도, 책상 위에 못 보던 물건이 생긴 것도 아니다. 그런데 이상하게 오늘은 언니 방이 다르게 보였다. 언니가 늘어놓은 지도나 동네 사진도, 유치원생들이 아무렇게나 어질러 놓은 블록도 탐험해야 할 새로운 동네처럼 보였다. 그사이에 나도 언니도 아주 다른 사람이 된 것처럼, 이 세계에 보이지 않는 많은 것들이 채워진 것처럼 느껴졌다.

"예전의 세상이라면 겪지 않아도 될 일을 겪었으니까

너도 전과 같을 수 없겠지.”

“응?”

“누구나 겪게 될 일일지도 모르고.”

“그렇게 심각한 건 아니야, 언니. 겁주려고 한 말은 아니라고.”

“알아. 우리는 인간이라서 살아남고 싶을 뿐이잖아.”

반상회 시간이 다가오고 있었다. 어른들에게 우리의 용맹함을 칭찬받거나 축하받는 걸 기대하진 않는다. 긴급 반상회에서 다뤄질 내용은 대충 예상이 된다. 어쩌면 앞으로 우리끼리의 외출이 금지당할지도 모른다. 우유통 자매가 실종된 아빠를 찾으러 나갔던 일에 대해서도 짚고 넘어가야 할 것이다. 앞으로 아이들을 돌볼 가족이 필요하다. 그리고 어쩌면 아저씨를 찾으러 나가겠다고 하는 사람들도 있을 것이다.

그럼 나도 할아버지를 찾아 달라고, 아니면 외출인으로서 직접 할아버지를 찾아오겠다고 우기게 될지도 모른다. 모래바람이 부는 세계가 끝이 나거나 원래 살던 세상이 돌아올 거라곤 기대하지 않는다. 하지만 그렇기 때문에 잊으려고 해서도 안 되고, 잊히지도 않는 슬픈

일들이 우리를 압도하지 않았으면 좋겠다.

"오늘 우리가 의논할 사항은 외출인 아이들에 대한 것입니다."

버찌 언니네 할아버지가 입을 열었다.

"아이들이 갑자기 사라진 것은 아이들의 잘못이기도 하지만, 우리가 관리를 못 한 부분이기도 하지요."

어른들은 우리의 외출에 대해 더 이상 이야기하지 않았다. 다음에는 마음대로 나가면 안 된다든가 외출인 모임을 없애겠다든가 하는 이야기도 없었다. 물론 칭찬을 받은 것도 아니었다. 나는 괜히 풀이 죽어서 어른들이 하는 말을 다 듣지 않고 나와 버렸다. 관리 사무소 옆 외출인 아지트에 들어갔더니 우리가 마구 벗어 던져 놓은 광이 망토가 보였다. 은색이나 금색도 아닌데 반짝거리는 게 신기했다. 디오와 엑스는 시오와 함께 무사히 막사에 도착했을까? 그 아이들도 혼이 나거나 칭찬을 받았을까? 빨리 학교에서 다시 만날 수 있었으면 좋겠다고 생각했다. 그때 아지트 문이 열리며 감이가 들어왔다.

"차라리 혼내고 싸우기라도 하면 답답하지 않았을 텐데, 어우!"

"그러게……. 나도 더 못 듣겠어서 나왔어."

"지금은 무슨 얘기 중이셔?"

"우기 관장님이 란주와 태주를 돌보기로 하셨어. 그리고 아저씨를 찾으러 가 보자는 이야기가 나왔는데, 역시나야. 우리가 애들 찾으러 나가겠다고 했을 때처럼 어딨는지도 모르는 사람을 어떻게 찾을 거냐는 거지."

실은 모두가 맞는 말을 하고 있었다. 실종자를 찾으러 가자는 사람들도, 그러다 또 다른 희생자가 나올지 모른다고 염려하는 사람들도 틀리지 않았다. 그래서 최종적으로 결정해야 하는 어른은 얼마나 부담이 될지도 생각해 봤다. 내가 아이들을 집으로 데리고 오는 길에 선택했던 길들처럼, 미래란 모두 맞거나 전부 틀릴 수도 있는 길이었다.

"응. 이거 테이프 있으면 나오려나? 뒤에 보니까 건전지 들어 있던데."

감이가 라디오의 버튼을 마구 누르며 물었다.

"그럼 될 수도 있겠네. 건전지는 관리 사무소에 많아."

"좋아좋아. 반상회 끝나면 가 봐야겠다."

"감이야."

감이는 라디오를 뒤집어 들고 오래된 건전지를 꺼내고 있었다.

"너는 뭘 제일 하고 싶어? 지금 당장 말이야."

"음……. 나는 이 라디오를 켜고 싶어."

"라디오를?"

"음악을 엄청 크게 틀어 놓고, 따라 부르고 싶어! 춤도 추고 싶고! 너는?"

"나는……."

감이는 나에게 물어 놓고 그새 다른 데에 신경이 팔려서 나를 보지 않았다. 감이는 우유통 자매를 찾으러 나갈 때 가져갔던 커다란 가방을 뒤지더니 토끼 인형을 찾아냈다. 그러고는 토끼 인형을 안고 노래를 흥얼거리면서 창고 안을 빙글빙글 돌았다.

"나는 뭘 하고 싶을까?"

그때 감이가 무언가 생각났다는 듯 아! 하며 멈췄다. 비틀거리면서 책상 위에 놓여 있는 금지 상자로 다가가서는 안에 있는 것들을 하나씩 꺼냈다.

"아까 여운 오빠한테서 들었는데, 전자파는 곤충 외계인이랑 상관없을지도 모른대."

"정말 그런 거면 좋겠지만, 만약 아니라면?"

"일단 실험은 해 봐야 하지 않을까?"

"어떻게 실험하게?"

"뭐 핸드폰 들고 나가서 막 써 봐도 되고. 또 뭐 있지?"

"그게 무슨 실험이야. 송감이, 말만 거창하네."

"그러는 너는? 뭐 대책이라도 있어?"

"아예 아파트 옥상에서 키케이모스 유인용 전자파를 쏴야 한다고 하지 그랬냐?"

"오오……. 진짜 넌 좀 오버야."

"사돈 남 말 하네."

"몰라. 일단 다 꺼내."

감이는 상자 속 전자 기기를 전부 꺼낸 뒤 다시 뚜껑을 닫아 한쪽으로 밀어 놓았다.

"그런데 실험해 봐야 한다는 건 진심이야."

감이가 진지한 표정으로 말했다.

"우리 외출할 때 시험해 보지 않은 게 많잖아."

"위험할까 봐 그랬지."

"그러니까! 그런데 사실 키케이모스도 이번에 처음 마주친 거고."

"음, 그렇지?"

"키케이모스를 마주치고도 살아남았고!"

"그……렇지."

"조금 더 사고를 쳐 봐도 되지 않을까? 그런 생각이 들었어, 오늘."

감이의 말에 가슴이 콕 찔리는 느낌이 들었다. 지금 제일 겁먹고 있는 건 나라는 걸 깨달았다.

"우리가 저지른 일이 사고가 아니라 돌파구가 될 수도 있다는 거지."

"응. 진짜 맞는 말이야."

그때 문이 열리며 다나와 다나네 부모님이 들어왔다. 뒤로는 버찌 언니와 여운 오빠, 그리고 버찌 언니 할아버지도 들어왔다.

"박하야, 감이야, 고맙다."

다나네 엄마가 먼저 인사했다.

"고마워. 그리고 미안."

그리고 다나가 다가와 쭈뼛거리며 인사했다.

"너도 란주, 태주가 걱정돼서 나간 거잖아. 우리가 너를 걱정하는 건 당연한 거야!"

감이가 다나에게 다가가 팔짱을 끼며 대답했다.

"외출인 모두 여기 앉아 볼래?"

버찌 언니가 내 옆에 와서 앉으며 말했다. 내 오른쪽으로 버찌 언니와 감이, 다나가 앉았고, 다나의 부모님은 다시 인사를 하고 나갔다. 왼쪽으로는 여운 오빠와 버찌 언니네 할아버지가 앉았는데, 드디어 외출인에 대한 얘기가 나오는 건가 싶어 긴장이 되었다.

"너희가 잘못한 건 어른들에게 아무 말도 하지 않고 사라진 거야. 외출한 것 자체를 나무라는 게 아니다, 박하야."

"네."

"약속 하나만 해 줬으면 좋겠구나."

할아버지가 온화한 미소를 지으시며 말했다.

"네."

"언제든지 다시 외출해도 되지만 나갈 땐 꼭 어른들에게 얘기를 해 주렴. 무슨 이유로 나가고, 어느 동네에 다녀오는 건지 솔직하게 이야기해 줘야 해."

"어? 그럼 저희 계속 외출인 하는 거예요?"

감이가 자리에서 벌떡 일어나며 물었다. 할아버지는 고개를 끄덕이며 그렇다고 대답했다. 감이는 발을 동동 구르며 디오와 엑스를 만나러 갈 수 있겠다고 호들갑을 떨었다.

"앞으로는 너희 셋만 외출하는 거다."

"란주랑 태주는요?"

"란주 자매는 아빠를 찾을 때까지 어른들이 돌보기로 결정했다. 란주네 아빠가 무사히 돌아온다면 다시 외출인을 할 수 있을지도 모르지만, 일단 지금은 아이들의 안전이 더 중요할 것 같구나."

"네. 알겠어요, 할아버지."

대화를 듣고 있던 여운 오빠가 우리에게 무전기와 호루라기 목걸이를 하나씩 건네줬다.

"앞으로 외출할 땐 무전기와 호루라기를 꼭 가지고 다녀. 핸드폰도 가지고 가는 게 좋을 것 같아. 인터넷은 안 되지만 사진이나 영상을 찍어 두는 건 모두한테 도움이 될 테니까."

"우리가 다시 외출할 수 있을 줄은 몰랐어요. 감사해

요. 저희 정말 잘할 수 있어요!"

계속 조용히 있던 다나가 볼을 붉히며 대답했다.

"일단 너희에게 보여 줄 게 있어. 외출인 3인방을 위한 첫 번째 선물이라고 해야 하나."

여운 오빠가 들뜬 모습으로 자리에서 일어났다. 버찌 언니도 웃으면서 우리에게 일어나라고 손짓했다.

"할아버지가 엄청난 걸 만드셨거든."

"엄청난 거?"

감이가 눈을 동그랗게 뜨고 되물었다. 버찌 언니의 뒤를 따라 계단을 내려가는 동안 지난 이틀 동안의 일이 영화처럼 머릿속을 지나쳐 갔다.

우리가 만나고 온 새로운 모래 세상에 대해서 할 말이 너무나 많았다. 밤을 새워도 이야기를 끝내지 못할 것 같았다. 1층에 준비해 둔 할아버지의 선물을 먼저 확인하고, 그다음에…… 우리가 만난 세계에 대해 밝힐 것이다.

목요일이 되려면 이틀이 더 남아 있었다. 하지만 외출 허락을 받았으니 지금 당장 막사인들을 만나러 가도 괜찮다. 무엇보다도 어른들이 갑자기 마음을 바꿀지도 모르니까 빨리 출발해야겠다고 생각했다. 물론! 할아버지의 선물인 사륜차를 빨리 몰고 싶어서가 제일 컸고, 그다음엔 디오와 엑스, 시오의 안부가 궁금해서였다.

"누군가에게는 지금 이 세상이 이전보다 훨씬 나은 곳일지도 몰라."

"적어도 우린 아니지."

내 말에 다나가 무심하게 대꾸했다.

"맞아. 지금 남 얘기할 때야?"

"아니아니! 그런 사람들도 있을 테니까 희망도 있을 거라는 말이지."

"다나야, 나는 이박하가 이렇게 긍정 인간인 줄 몰랐다?"

감이가 입술을 삐죽이며 말했다.

"그러게 말이다."

다나가 나를 툭 치며 대답했다. 그리고 뒷좌석에 자기 가방을 올려놓고 자연스럽게 운전석에 앉았다.

"야, 네가 운전하게?"

나는 황당한 표정으로 다나를 쳐다봤다.

"응. 이건 진짜 양보 못 한다? 너네 기억나지? 우리 작년에 2학년 수련회 갔을 때!"

"오! 기억났다. 강가에서 ATV 탔던 거!"

"그때 1등 나였다. 그러니까 외출인 사륜차도 내가 몰아야 함."

"난 동의. 이박하보다는 네가 훨씬 나을 듯."

감이가 운전석 옆자리에 올라타며 대답했다. 언제부터 저 둘이 저렇게 합이 좋았지?

"우리 엄마 요구르트 판매 카트 모는 거 알지? 우리 집안은 타고난 베스트 드라이버 집안이라고."

엄지를 척 올리며 의기양양한 표정을 짓는 다나가 무척 낯설었지만 웃기기도 했다.

"푸하! 이것저것 말도 안 되는 이유 갖다 붙이는 거 봐."

"뭐, 이것저것 따져 봐도 내가 운전을 해야 한다는 거지."

"알았다, 알았어."

작년 수련회 때 내가 몰던 ATV가 자꾸 가다가 서다가 하는 바람에 제대로 달려 보지도 못했던 게 떠올라서 더 이상 툴툴거리지 않았다. 짐을 왼쪽으로 밀어 두고 뒷좌석에 앉았다. 감이가 뒤를 돌아 나를 보며 말했다.

"포기해 줘서 고마워, 이박하. 나는 오늘 죽고 싶지 않거든."

"자꾸 까불면 내가 운전대 가로채는 수가 있다!"

"노노. 나는 어른이 돼서 해 보고 싶었던 것들을 꼭 해 봐야겠어. 인생이 열여섯에서 끝날 거라고 생각하고 싶지 않아. 으, 억울해."

감이가 능청스레 말했다.

"막사인들한테 가는 거지?"

다나가 다시 확인했다.

"응."

처음 학교에서 디오와 엑스를 봤을 때가 떠올랐다. 키가 크고 머리 스타일이 특이해서 몇 살인지, 남자인지 여자인지도 가늠이 안 됐던 디오와 엑스가 성큼성큼 걸어오는 장면이 눈앞에 펼쳐지는 것 같았다. 디오와 엑스는 옥상에서 키케이모스의 흔적이 묻어 있는 건물을 발견했고, 다나와 우유통 자매를 찾을 수 있도록 도와주었다. 시오도 우리와 함께 길을 걸어 줬다. 모두 우리의 손을 잡고 달려 줬다.

"같이 살아야지. 살고 싶잖아."

"그래. 일단 가 보자고."

우리는 평범한 세계를 경험한 아이들처럼 자라지는 못하겠지만…….

"우리 그럼 이 세계의 마지막 생존자 자리를 두고 내기해 볼까?"

"야, 무슨 그런 끔찍한 말을."

"마지막 생존자가 너라고 한 것도 아니고, 스무 살이 마지막이라고 한 것도 아닌데 뭐 어때."

"그래도!"

"우리 모두 살 만큼 다 살고 죽을 수도 있잖아. 우리가 낳은 자식의 자식의 자식쯤은 돼야 마지막 생존자가 나올지도 모르지. 그러니까 내기를 해 보는 거야."

"의미 없는 내기는 안 함."

"시끄러워. 너네 모래 바다에 빠트리고 간다."

우리는 이런 세상에서 희망을 가지고 누군가와 함께 살아가는 법을 배울 것이다. 좋은 어른이 된다는 건 뭔지 모르겠다. 더 용감해져야 하는지, 더 이성적이어야 하는지, 아무도 대답할 수 없을 것이다. 이런 세상에서도 우리 마음대로 살아갈 수 있다면 그걸로 됐다. 어른들이 개조해 준 사륜차를 타고, 친구들과 더 넓은 세상으로 달려가는 것. 그게 지금 우리가 할 수 있고, 하고 싶은 것이다. 그리고 우리는 새로운 존재들을 만날 것이다. 이런 세상에서도 수많은 인생이 자라나고 삶은 지속될 테니까. 그게 지구인이든 외계인이든 식물이든 상관없다.

우리는 어느 날 펼쳐진 모래의 세계에서 잠을 자고 밥을 먹고 외출을 하고 무사히 집으로 돌아간다. 그런 일상에 어떤 존재가 나타나도 어떤 사건이 벌어져도 괜찮다. 서로를 찾아 줄 존재들이 있다는 걸 믿는다면 우리는 나쁘지 않은 어른이 될 것이다. 그래서 우리는 아침의 광야를 향해 달려간다.

작가의 말

✧

토끼 인형, 스티커, 검은 종이와 하얀 펜, 핸드폰 사진, 시집, 소녀들, 여름 잎사귀, 풀냄새, 초록색 폰트 디자인, 체크무늬 천, 행성 그림, 엽서, 편지 봉투, 록스타, 청량한 아이돌 노래, 겨울의 도쿄, 여름 거리, 밤의 시티팝, 모든 것이 가능한 꿈, 한국어로 번역되지 않은 단어들…….

내가 좋아하는 것들이다. 더 쓰고 싶지만, 당신에게 양보하겠다.

자, 이제 당신이 좋아하는 것들을 나열해 보자.

나는 부러워하는 일을 잘한다. 솔직하게 부러워하고, 좋아하고, 감탄하고, 주변에 알리는 일 말이다. 그런 것도 '잘한다'고 말할 수 있다는 걸 안다.

사람들은 부러움이나 질투 같은 감정은 숨겨야 한다고 생각하는 것 같다. 추하고 보기 좋지 않은 것이라고. 나쁘고 흉한 것이라고. 하지만 누가 그렇게 가르쳤지? 그런 건 기억나지 않을 것이다.

잘 생각해 보자.

누군가를 부러워하는 건 그 사람의 좋은 점을 알아보았을 때 가능하다. 그 좋은 점이 나에게는 없는 것 같아서 지금의 내가 마음에 들지 않게 된 상황이다. 여기서 다시 한번 생각을 뒤집어야 한다. 내가 미워지고 작아지더라도 세상의 한편에서는 계속 좋은 일이 일어나고 있고, 멋진 사람들이 존재한다는 것이다. 그러니 부러워한다는 것은 기대하는 일이고, 절망 같은 인간사에서 희망을 이어 가는 일이다.

좋아하는 것들을 생각해 보자.
부러운 사람들을 떠올려 보자.
모래바람 속에서 일어날 준비가 되었는가?
당신은 그런 힘이 있는 사람이다.
당신은 내가 부러워할 만한 사람이다.

✧

모래로 뒤덮인 도시에서 전기가 끊어지지 않은 신호등을 발견하는 꿈. 그 이야기를 들려 준 희야에게 고맙다. 희야에게 새로운 이름이 생기고, 건물이 세워지고, 지구가 더 뜨거워져도 그때도 곁에서 꿈 이야기를 듣고 싶다. 믿고 기다려 주신 씨드북 선생님들께 감사하다. 덕분에 박하와 친구들이 재미난 모험을 할 수 있었다.

책을 완성하고 나면 이야기가 끝날 것 같지만, 이상하게도 항상 이야기는 다시 시작된다. 나는 막사인의 행성이 자꾸 궁금해진다. 외계인의 놀이터에는 어떤 놀이기구가 있을까? 어떤 이름의 식물이 있을까? 내가 피아노를 치면 합창부 친구들이 노래했던 그 강당이 떠오른다. 감이가 체육관의 피아노를 마음껏 치는 날이 있었으면 좋겠다. 재난 중에도 말이다.

2024년 6월

한요나

외출인 박하

초판 인쇄 2024년 6월 20일 **초판 발행** 2024년 6월 20일

지은이 한요나

펴낸이 남영하 **편집** 전예슬 김주연 김가원 **디자인** 박규리 **마케팅** 김영호

펴낸곳 ㈜씨드북 **주소** 03149 서울시 종로구 인사동7길 33 남도빌딩 3F **전화** 02) 739-1666 **팩스** 0303) 0947-4884

홈페이지 www.seedbook.co.kr **전자우편** seedbook009@naver.com **인스타그램** instagram.com/seedbook_publisher

ISBN 979-11-6051-630-2(43810)